Nessa Maral

....

Your Highness

Nessa Maral

Your Highness

DarkRomance

Impressum

Bibliografische Information der Deutschen
Nationalbibliothek:
Die Deutsche Nationalbibliothek verzeichnet diese
Publikation in der Deutschen Nationalbibliografie;
detaillierte bibliografische Daten sind im Internet über
http://dnb.dnb.de abrufbar.

Lektorat, Korrektorat: Buchstabenpuzzle B. Karwatt
www.buchstabenpuzzle.de

Coverdesign: Juliane Schneeweis https://www.juliane-
schneeweiss.com/

Illustration: Nathalie Köslin https://www.nathalie-koeslin.de/

© 2019 Maral, Nessa
Herstellung und Verlag: BoD – Books on Demand,
Norderstedt
ISBN: 9783746058962

Für Laura.

Es bedarf nicht vieler Worte.

Du weißt warum.

ELINORE

Ich hatte keine Ahnung, wie ich hier rein geraten war. Genau genommen hätte ich nie ein Teil dieser Affäre werden dürfen. Im Idealfall hätte ich die ganze Sache daheim vor dem Fernseher betrachten sollen, mit dem Finger auf die Dame zeigen, lachen und mir insgeheim wünschen nie in eine solche Lage zu kommen. Niemand hatte mit einem derartigen royalen Skandal gerechnet.

Und ich ... war der Auslöser dafür.

Es begann alles damit, dass Alice und Justin mich in diesen Schuppen gezogen hatten.

»Na komm, Elli«, behagte Justin verdächtig grinsend. Wie ich diesen Typen doch hasste.

»Elinore. Immer noch«, knurrte ich, deutlich genervt über die Kurzform meines Namens.

»Wie auch immer. Es wird Zeit, dass du endlich aus deinem Schneckenhaus kommst.« Ich seufzte. Was war das Problem, wenn ich nicht jedes Wochenende im Bett eines fremden Kerls aufwachen wollte?

»Ich glaubte auch, dass dir ein wenig Abwechslung guttun würde«, fügte Alice hinzu, was mich erneut seufzen ließ, ehe ich hilflos nickte.

Abwechslung. Pah! Das ich nicht lachte.

Wir betraten das *Red Devil*. Ein zwielichtiger Schuppen für Leute mit gewissen Neigungen. Allein der gigantische Kronleuchter in der Empfangshalle deutete an, dass es sich hierbei um keineswegs eines dieser typischen Etablissements handelte. Hier verkehrten nur die Leute, die Geld hatten. Dazu gehörte ich definitiv nicht. Streng genommen fiel ich nicht einmal in das Kundenraster dieses Ortes.

Ich fühlte mich in meinen Jeans, dem T-Shirt gepaart mit dem langweiligen Pferdeschwanz alles andere als angemessen gekleidet für diesen Ort.

Der Türsteher warf einen Blick auf Alice, die in ihrem hautengen Kleidchen elegant mit den Hüften wackelte und passiere. Justin grinste, ehe er ihr folgte. Ich spürte den Blick des

Türstehers auf mir, ehe er mich an murrte: »Neu hier?«

Ich erwiderte mit einem zögerlichen Nicken, was mir ein abtrünniges Schnauben einbrachte. Scheinbar war er nicht begeistert von Neuen. Ich konnte es ihm nicht verübeln. Wer wollte schon Anfänger hier haben?

»Viel Spaß«, knurrte er und ich nickte abermals, ehe ich ins *Red Devil* eintrat. Von Justin und Alice fehlte jede Spur.

Der Raum war voller Dinge, die ich noch nie live gesehen hatte. Schlingen reichten von der Decke, diverse Bänke sowie Klötze standen in der Mitte des Raumes. Im Eck erkannte ich ein dunkles Kreuz. Andreas Kreuz? Nannte man das so? Ein kalter Schauer rann mir über den Rücken. Was man damit wohl alles tun konnte? Warum nutze es denn keiner? Oder war es und die Blöcke nur zur Decke da, um den Eintretenden ein bedrückendes Gefühl zu vermitteln?

»Wie kann ich Ihnen helfen?«, fragte eine freundliche Dame, die rotbraunen Haare zu einem strengen Dutt nach hinten gesteckt, der zu ihrem dunkelblauen Kostüm passte. Sie erinnerte mich an eine Stewardess, nur ohne Flugzeug.

»Ich wollte mich nur umsehen. Ich ... war noch nie hier«, antwortete ich unsicher, während sie mich anlächelte.

»Wie ich sehe, sind Sie auch neu in der Szene. Warten Sie bitte einen Moment, ich schaue, ob einer der Herren gerade frei ist ...«

»Du musst nicht schauen. Ich nehme sie.« Hinter mir erklang eine durchdringende weibliche Stimme und die Mitarbeiterin verbeugte sich vor der Dame hinter mir.

»Wie Sie wünschen, Eure Hoheit«, entgegnete sie und ich drehte mich zur Quelle der Stimme um.

Im Schein des Kronleuchters stand sie vor mir. Ein zufriedenes Lächeln umspielte die vollen Lippen der blondhaarigen Frau, doch ihre blauen Augen schimmerten geheimnisvoll. Sie trug ein weißes, hauchdünnes Kleidchen. Beinahe unschuldig, wäre da nicht die Gerte in ihrer rechten Hand gewesen, die meine Aufmerksamkeit auf sich zog.

»Hallo, ich bin Scarlett, doch du wirst mich Majestät oder Eure Hoheit nennen. Und dein Name ist?«

Mein Blick haftete an der Frau und ich konnte ihn nicht von ihr lösen. Es war wie ein verbotenes Verlangen, das mich näher zu ihr trieb.

»Elinore.«

Ein seltsames Grinsen umspielte ihre Lippen, ehe sie meine Hand nahm und zu ihren Weichen Lippen führte. Sie küsste sanft meinen Handrücken. Eine unangenehme Gänsehaut zog sich über meinen Körper. Es gehörte sich nicht jemanden die Hand zu küssen, aber dennoch tat sie es. Mein Herzschlag beschleunigte sich, ließ mich schlucken. Machte man das bei allen so? War das in der Szene Gang und gebe?

Sie lächelte, dann drangen ihre Worte zu mir hindurch: »Ich freue mich, dich betteln zu hören, Elinore.«

Ich erinnerte mich noch genau, wie Scarlett vor mir stand, mich angrinste, während sie mich in ihr Studio zog.

»Du bist noch neu in der Szene, nicht wahr?«, hinterfragte sie.

Zögerlich nickte ich.

»Antworte mir gefälligst mit, *Ja, Majestät* oder *Eure Hoheit*«, knurrte sie, umfasste grob mit ihrer Hand mein Kinn.

»Du bist schön. Darum solltest du selbstbewusster sein. Ich werde dich dominieren, aber ich erwarte nicht, dass du kampflos alles über dich ergehen lässt. Wo bliebe denn da der Spaß?«, entgegnete sie und ich nickte erneut, ehe ich rasch ein »Ja, Eure Hoheit« hinzufügte.

Scarlett grinste zufrieden. Sie ließ sich auf das Bett sinken, die Beine übereinandergeschlagen.

»Zieh dich aus«, forderte sie mich auf und ich sah sie überrascht an. Dieser forsche Ton. So hatte noch nie jemand mit mir gesprochen.

»Eure Hoheit, ich … ich weiß nicht, ob ich das kann. Ich …«, sagte ich unsicher und sie lachte leise auf. Ich hatte mich noch nie für jemanden ausgezogen. Es war … ungewohnt.

»Du wirst doch wohl die Klamotten ausziehen können, oder soll ich dir helfen?«, fragte sie, stand auf, ohne auf eine Antwort zu warten. Einzig allein die Gerte blieb auf dem Bett liegen.

»Wenn Eure Hoheit so gnädig wäre. Ich …«, sagte ich, doch sie lächelte nur, während sie sich direkt vor mich stellte, mit ihren Fingerspitzen den Saum meines T-Shirts berührte. Ihr Blick lag direkt auf mir. Interessiert und erwartungsvoll. Mein Herz klopfte mir bis zum Hals, ihr Blick war zu viel für mich. Beschämt wandte ich meinen Blick von ihr ab zu Boden.

»Du schämst dich für deinen Körper, mein kleines Vögelchen«, entgegnete sie und ich nickte. Es war etwas anderes sich für sich selbst auszuziehen, als zu wissen, dass man dabei beobachtet wurde.

»Wir werden das noch hinbekommen«, flüsterte sie, dann strich sie mit ihren warmen Händen über meinen Bauch. Unzählige Blitze jagten durch meinen Körper.

»Ich habe meine Regeln. Du wirst zuhören und mir am Ende sagen, ob du verstanden hast und was du ändern möchtest«, erklärte sie, während sie langsam das Shirt Stück für Stück nach oben schob. Eine Gänsehaut breitete sich auf meinem Körper aus.

»Ich arbeite mit Safewords. Wenn es dir zu viel wird, wirst du Rot sagen, dann werde ich sofort von dir ablassen. Wenn es okay ist, aber es nicht mehr werden darf, wirst du gelb sagen. Grün ist gut«, erklärte Scarlett und ich nickte.

»Du wirst mich niemals küssen. Unter keinen Umständen. Ebenso wenig wirst du mich um ein Date fragen«, führte sie fort und ich nickte ebenfalls, sofern mir das möglich war, denn sie zog mir bereits das T-Shirt über den Kopf. Nur in BH und Jeans stand ich nun vor ihr, ihrem Blick, der über meinen Körper huschte, vollkommen ausgeliefert.

»Du hast wunderschöne Kurven. Du wolltest dich nicht dafür schämen.«

Sie fuhr fort, meinen Körper zu inspizieren. »Wirst du die Regeln akzeptieren?«, fragte sie und ich nickte, ehe ich ein möglichst Selbstbewusstes: »Ja, Eure Hoheit. Ich werde die Regeln befolgen. Doch ich habe eine Bitte ...«, erwiderte ich. Ihre Augen glänzten gefährlich, was mich schlucken ließ.

»Sagt mir, was Ihr vorhabt, bevor Ihr etwas mit mir anstellt. Ich ... ich gebe ungern meine Kontrolle vollkommen ab«, erwiderte ich und ein Lachen entwich ihrer Kehle, doch sie fing sich sofort wieder.

»Natürlich gibst du sie nicht ab. Sonst wärst du ja nicht hier. Keine Sorge, du wirst es lernen«, flüsterte sie.

Ich spürte ihre Lippen an meinem Ohrläppchen, ehe ihre Fingerspitzen über meinen Hals streichelten, meine Schlüsselbeine umspielten und sanft die Umrisse meines BHs nachzeichneten. Ich seufzte wohlig, was Scarlett ein Lächeln auf die Lippen zauberte.

»Du musst dich nur fallen lassen, du kannst fliegen, mein kleines Vögelchen«, kam es als leiser Hauch von ihr. Mit einer Hand fuhr sie unter meinen BH, liebkoste sanft meine Brustwarze. Ich drückte mich instinktiv dem warmen Körper hinter mir entgegen bis sie ihre Hand unter meinem BH hervorzog. Die fehlende Nähe ließ mich augenblicklich aufseufzen, was sie mit einem Kuss in meinen Nacken quittierte. Ich spürte, wie mein BH geöffnet wurde sowie den Stoff, denn sie vor meine Füßen fallen gelassen hatte. Ihre Hände umfassten meine Brüste, kneteten sie, umspielten meine Brustwarzen - nicht zu fest, aber auch nicht zu sanft. Bestimmt und routiniert. Noch nie hatte mich jemand so berührt, was mich wohlwollend aufkeuchen ließ. Es war so gut.

Tausend kleine Blitze durchzogen meinen Körper, wanderten gen Süden.

Scarlett bemerkte dies, denn ihre rechte Hand folgte den Blitzen zum Bund meiner Jeans, den sie für eine Sekunde umspielte, danach den Gürtel öffnete und ihre Finger hineingleiten ließ.

Ich keuchte überwältigt auf, als sie mich durch den dünnen Stoff meines Slips berührte. Meine anfängliche Scheu verlor ich bei ihren zärtlichen Berührungen. In der Tat glaubte ich langsam sogar, dass ich mich ihr hingeben konnte, es vielleicht sogar wollte.

»Eure Hoheit, mehr«, hauchte ich, drückte mich fester gegen ihre Hand.

»Du bist nicht in der Stellung, um Forderungen zu stellen«, knurrte sie spielerisch, biss sanft in meine Schulter, was die Hitze zwischen meinen Beinen unerträglich werden ließ. Ihr Lächeln nahm ich nicht war. Zu intensiv waren die Berührungen, die meine Sinne benetzten.

»Bitte Eure Hoheit. Ich … ich möchte mehr«, hauchte ich. Für den Moment übernahmen meine Gefühle den Job meines Gehirns.

»Du kannst so süß sein, wenn du bettelst«, hauchte sie belustigt.

Ihre Hand fuhr nach oben, nur um die letzte Stoffbarriere hinter sich zu lassen. Sie berührte meine Lustperle mit ihren Fingern und ich war froh darum, dass sie mich festhielt und ich nicht wanken konnte. Ich glaubte für einen Moment, meine Beine müsste nachgeben, als sie ihren Finger nach hinten gleiten ließ, direkt vor meinen Eingang. Scarlett umspielte ihn, wanderte dann zurück zu meiner empfindsamsten Stelle.

»Du bist so feucht«, flüsterte sie.
Der leise Klang ihrer Stimme entlockte mir ein Stöhnen. »So bereit«

Mit diesen Worten zog sie sich aus mir zurück. Oben ohne, mit offener Jeans stand ich vor ihr und sie sah mich an, als wäre ich ihre Beute. Ihre willige Beute.

Ich biss mir auf die Lippe. Sie deutete mir mit einer Kopfbewegung an, mich auszuziehen.

Hastig riss ich mir Schuhe und Socken von den Füßen, griff nach dem Bund meiner Röhrenjeans, welche ich ungelenk von meinen Beinen schob.

»Das nächste Mal trägst du weitere Jeans oder am besten einen Rock«, bemerkte sie grinsend und ich spürte wie eine leichte Röte meine Wangen umspielte. Erst als ich nur noch im Slip vor ihr stand, kam sie näher, drehte mich herum, um mich auf das Bett zu drücken, sodass ich - nur mit Slip bedeckt - auf dem Bauch vor ihr lag.

»Wurdest du schon einmal geschlagen?«, fragte sie und ich schüttelte den Kopf. »Antworte mir gefälligst richtig, wenn ich mit dir spreche«, knurrte Scarlett und ich schluckte.

»Nein, Eure Hoheit.«

»Ich werde dich schlagen. Zehn Schläge. Du wirst mitzählen. Erst nach dem letzten Schlag werde ich dich erlösen«, erklärte sie, während meine Finger sich in das Laken krallten.

Eine Woge der Neugierde zog sich durch meinen Körper, mein Kopf war wie Watte und die Herrschaft über meinen Sprechautomaten hatte ich auch verloren, denn mein Einverständnis folgte, ohne zu denken.

»Wie Ihr wünscht, Eure Hoheit. Ich werde mitzählen. Sie können mich ficken so wie es Ihnen beliebt«, entgegnete ich. Sie lachte.

»Du liest zu viel schlechte Erotik«, murmelte sie, dann spürte ich ganz unerwartet den ersten Schlag auf meinem Hintern. Er war nicht sehr fest, doch er reichte aus um erschrocken nach Luft zu schnappen. Dennoch fühlte ich, wie der feine Schmerz sich zur Hitze verwandelte.

»Eins«, keuchte ich und sie ließ die Gerte über meinen Rücken wandern, dann folgte auf der anderen Seite meines Hinterns der zweite Schlag. Er war härter als der Erste, dennoch wandelte er sich zur Lust.

»Zwei«, keuchte ich, doch es wurde bereits mehr zu einem widerstandlosen Stöhnen. Der dritte, vierte und fünfte Schlag folgte schnell nacheinander, immer im Wechsel der linken und rechten Backe.

Ich spürte, wie ich feuchter wurde. Es fühlte sich an, als würde ich auslaufen. Das Gefühl mich selbst zu berühren wurde flammte stärker in mir auf. Während sie bereits zum siebten Schlag ausholte, ließ ich meine Hand zwischen meine Beine gleiten, stöhnte erregt auf, als meine Finger meine Lustperle berührten.

»Wirst du wohl damit aufhören!«, knurrte sie Ertappt zog ich meine Hand hervor.

»Soll ich dich fesseln?«, entgegnete sie zornig und ich schüttelte den Kopf.

»Nein, Eure Hoheit. Ich ...«, doch bevor ich etwas sagten konnte, folgte Schlag acht direkt in der Nähe meines Schambereichs. Eine Welle der Erregung gepaart mit dem eiskalten Schmerz überfuhr mich.

»Acht«, keuchte ich, während sie behutsam mit ihrer Hand über meine Mitte strich und nachfühlte, wie feucht ich bereits war.

»Mehr«, stöhnte ich, was sie einen weiteren Schlag auf meinen Hintern schnellen ließ.

»Neun«, keuchte ich, als Scarlett mit der bloßen Handfläche zum zehnten Schlag ausholte.

Ich stöhnte ein erleichtertes »Zehn« aus.

Ihre Finger berührten meine Mitte, strichen darüber und der erste Finger drang in mich ein, bewegte sich sanft vor und zurück in kleinen kreisenden Bewegungen. Keuchend schloss ich die Augen. Ihre Bewegungen wurden stetig zunehmender, drängender. Mein Becken bewegte sich stoßend gegen ihre Finger und ich krallte mich am Laken fest. Es war so intensiv. So ungewohnt faszinierend. Es war die Hölle auf Erden. Verdammt. Ich wollte mehr.

»Eure Hoheit, kann ich … kann ich mich umdrehen?«, fragte ich stöhnend, doch sie zuckte nur mit den Schultern, ehe sie von mir abließ und mich geschickt auf den Rücken drehte.

Ohne eine Sekunde verstreichen zu lassen, spürte ich, wie ihre Zunge meine Brustwarze berührte, intensiv daran saugte und ihr Finger sich den Weg zurück in mich bahnte.

Ich gab mich ihren Bewegungen hin, ein unkontrolliertes Stöhnen entwich meiner Kehle. Sie beschleunigte ihre Bewegungen und ich spürte, wie ich mich meinem Orgasmus näherte.

In dem Moment ließ sie von mir ab. Sie küsste sich an meinem Körper herab und wie Blitze schoss die Erregung durch diesen. Scarlett küsste mich, ihre Zunge umspielte meinen Bauchnabel, wanderte nach unten bis zu meinem Unterleib. Ihre Lippen wanderten zu meinen Hüften und zurück. Sie fanden ihren Weg meinem Lustpunkt, küssten ihn, dann wanderten sie zurück nach oben.

Verdammt, ich wollte mehr, doch sie spielte mit mir.

»Ficken Sie mich, bitte, Eure Hoheit«, keuchte ich, doch sie ließ nur ihre Zunge über meine Lustperle gleiten, was mich ungehalten aufstöhnen ließ. »Oh ja, bitte mehr«, forderte ich, aber sie küsste sich bereits wieder nach oben. Zu schnell.

»Du schmeckst so gut, du solltest es mal probieren«, erwiderte sie grinsend und ich fühlte, wie sie wieder mit einem Finger in mich eindrang, sich erneut entzog um mich dann mit mehreren Finger zu nehmen. Als ich spürte, wie sich mich noch leckte, während sie ihre Finger immer schneller, tiefer in mich hineinstieß, zogen sich meine Muskel schmerzhaft zusammen.

»Eure Hoheit, bitte ... lassen Sie mich kommen«, keuchte ich laut und Scarlett beschleunigte ihre Bewegungen, bis mich die Erregung überkam. Mein Rücken bog sich, ich warf den Kopf hin und her, meine Arme flogen nach oben, die Hände krallten sich in die Kissen. Ohne es zu spüren, zog ich die Beine an, stemmte die Füße in die Matratze. Mein Unterleib schien zu explodieren, die Druckwelle schoss durch meinen Körper.

Ich wusste nicht, was mit mir geschah, als ich mit einem lauten Stöhnen zusammensackte.

Ich nahm wahr, wie sie sich aus mir herauszog und sich auf die Bettkante setzte.

»Wie war das mit der Kontrolle? Du gibst sie nicht gern ab? Für dein erstes Mal kannst du mehr als zufrieden mit dir sein. Wie bist du hierher gekommen? Du siehst mir weniger nach der typischen Sub aus, wenn ich direkt sein darf.«

Aus ihren Worten vernahm ich, dass sie sich tatsächlich dafür interessierte. Ihre Hand strich über mein verschwitztes Gesicht, während sie sprach. Eine zärtliche, liebevolle Berührung.

»Ich habe Freunde, die beide ziemlich devot sind. Ich hätte nie erwartet, dass es mir auch gefallen würde«, entgegnete ich, während ihre Hand mir weiter durch das Haar strich.

»Werden wir uns wiedersehen?«, fragte sie interessiert, doch ich schüttelte den Kopf.
Er war nicht möglich. Ich war keine von ihnen.

»Ich bezweifle, dass ich mir auf Dauer eine Session bei Ihnen leisten kann, Eure Hoheit«, entgegnete ich und sie verzog einen Moment mitleidig das Gesicht.

»Das wäre schade«, bemerkte sie, dann erhob sie sich. »Die Session geht auf mich, schließlich habe ich dich genötigt. Ich hoffe, wir sehen uns bald wieder, Elinore?«

Mit diesen Worten verschwand sie durch die Tür und ließ mich allein.

CHARLOTTE

»Prinzessin! Heute Abend findet ein Bankett statt, und Sie sind schon wieder zu spät! Das wird Ihrem Vater nicht gefallen«, knurrte Mary, meine Hofdame, als ich den Buckingham Palast betrat und meinen Mantel abstreifte.

»Ihm gefällt doch sowieso nichts, was ich tue«, entgegnete ich mit einem Schulterzucken.

Sie zog erschrocken die Luft ein.

»Eure Majestät! Ich verbiete mir diesen Ton über ihren Vater. Es ist nur zu Ihrem Besten«, tadelte sie mich, was mich aufseufzen ließ. Es war doch jeden Tag dasselbe. Ich war gefangen in dem goldenen Käfig aus Verpflichtungen und Veranstaltungen.

»Hat er irgendwelche Wünsche, was ich tragen soll?«, fragte ich genervt, während ich mich auf den Weg in meinen Flügel des Schlosses machte.

»Etwas, dass Ihren Augen schmeichelt, Eure Majestät«, rief sie mir nach und ich verdrehte die Augen. Natürlich. Es musste meinen Augen schmeicheln, zeigen, dass ich die Tochter des Königs war und mich am idealsten so präsentieren, dass ich endlich den Traummann um den Finger wickeln konnte. So wäre die Thronfolge wieder gedeckt, sobald ich meinem Vater einen Erben schenken würde. In seiner Vorstellung war das alles so einfach. In meiner Zukunftsplanung jedoch ... weniger.

Ich öffnete die Tür zum Ankleidezimmer. Natürlich hatte man schon vorgesorgt. An einer mobilen Kleiderstange hingen diverse Kleider in den verschiedensten Blautönen. Eines schöner und teurer als das andere. Mein Vater gab unheimlich viel Geld dafür aus, wenn es darum ging seinen Diamanten endlich in gute Hände abzugeben. Dass ich mich damit nicht wohlfühlte, brauchte ich ihm nicht sagen. Er glaubte daran, dass ich ihn nicht enttäuschen würde.

Oh Papa, wenn du nur wüsstest.

Ich griff nach dem Nächstbesten. Ein hellblaues Kleid mit hochgeschlossenen Kragen und vielen glitzernden Steinchen. Es war schön, edel und dennoch zeigte es deutlich meine Absichten.

Ich wollte niemanden finden. Ich genoss meine Freiheit. Wenn man es nur verstehen würde.

Ich trat aus dem Ankleidezimmer direkt in mein Zimmer, wo Mary bereits auf mich wartete und knickste.

»Ein wunderschönes Kleid. Etwas hochgeschnitten, aber es ist dennoch eine wunderschöne Wahl. Wie darf ich Ihre Haare frisieren, Eure Majestät?«, fragte sie, doch ich zuckte nur mit den Schultern.

»Ich vertraue Ihnen, Mary, machen Sie daraus, was Sie wollen«, antwortete ich gelangweilt und sie knickste abermals, ehe sie mit einem: »Sehr wohl, Eure Majestät«, meine Haare in eine Pracht verwandelte.

»Meinen Sie, dass heute Abend ein Junggeselle dabei sein wird, der Ihrer beliebt, Eure Majestät?«, fragte Mary, während sie meine Haare hochsteckte und mit einer kleinen Krone besetzte.

Ich blickte in das mir vertraute Gesicht und betrachtete, wie meine blonde Haarpracht in vereinzelten Strähnen in mein Gesicht fiel. Die blauen Augen wirkten genau so, wie ich mich fühlte. Leer. Das Feuer und die Leidenschaft, die sie so oft durchfluteten, waren verschwunden. Traurig, wenn man als Prinzessin nur der Schatten seiner selbst war.

»Sie sehen wundervoll aus, Eure Majestät«, sagte Mary, doch ich winkte ab. Vorsichtig öffnete ich meine Schmuckschatulle, legte die kleinen Diamantohrringe und die Kette an. Jetzt war ich perfekt. Ich sah aus wie Cinderella, dazu geboren, um meinen Schuh zu verlieren und den Prinzen samt Ross zu heiraten. Nur gut. Den Prinzen weniger, gegen ein paar Pferdestärken hatte ich nicht ganz so viel einzuwenden.

»Viel Freude heute Abend, Eure Majestät«, rief mir Mary nach, als ich aus meinem Ankleidezimmer den langen Flur entlang in Richtung Empfangshalle schritt.

Meine kleine Schwester Rose begrüßte mich bereits an der Treppe. Nun ja, so klein war Rose inzwischen auch nicht mehr. Sie war eine wunderschöne Frau geworden.

Ein rosafarbendes Kleid hatte sie gewählt und trug ihre blonden Haare offen gelockt. Ein rosa

Hauch zierte ihre Wangen und ein Lächeln umspielte meine Lippen. Sie war eine so schöne Frau und sie würde eine noch viel bezaubernde Königin sein, mit einem Mann an ihrer Seite, dem sie viele Kinder gebären würde. Sie war gemacht für den Posten einer Königin. Es war so ungerecht, dass sie nicht die Erstgeborene war.

»Charlotte«, begrüßte sie mich und ihre Arme schlossen sich um mich. »Wie war der gestrige Abend? Jemand Interessantes dabei?«, fragte sie und zwinkerte mir zu.

Rose war nicht nur meine Schwester, sie war die Einzige, die von meinen Geheimnissen wusste. Kurz dachte ich an meinen Abend zurück, schüttelte den Kopf. Meine Arbeit gehörte hier nicht hin. Genauso wenig wie ich es tat.

»Wem wirst du heute Abend den ersten Tanz schenken?«, fragte ich sie stattdessen und sie lächelte mich breit an.

»Ich bin offen für alles. Ich bin so froh, dass inzwischen an diesen Banketts und Empfängen als Frau angesehen werde und nicht mehr als Kind. Du glaubst gar nicht, wie ätzend es ist, wenn man dich nicht ernst nimmt, nur weil du auf dem Papier für andere nicht einundzwanzig und somit volljährig bist«, meckerte sie und ich lächelte milde. Oh Rose, genauso war es mir immer gegangen. Es gab Dinge, die änderten sich nie.

Gemeinsam schritten wir hocherhobenen Kopfes und gestrafften Schultern durch die Tür zu unserem Vater, der uns bereits anlächelte.

»Meine Mädchen«, begrüßte er uns und schenkte uns beiden einen Handkuss.

»Was machen die Geschäfte, Charlotte?«, fragte er beiläufig, doch ich zuckte gelangweilt mit den Schultern.

Meinem Vater hatte ich erzählt, dass ich abends eine Weiterbildung besuchte, um mich in Sachen Finanzmanagement weiter zu bilden. Anfangs hatte er diese Ausrede mit einem Lächeln abgetan, doch allmählich schien er sich tatsächlich dafür zu interessieren, was ich so trieb. Ich hoffte nur, dass dieses Interesse bald wieder ablassen würde.

»Es ist unheimlich interessant, die Börse zu beobachten. Wir sollten uns vielleicht überlegen, auch einzusteigen«, erklärte ich fachmännisch und zwinkerte meiner Schwester zu, in der Hoffnung, sie würde das Thema auf sich lenken.

»Vater, was hältst du denn davon, wenn wir beide heute Abend ein bisschen in die

Staatsgeschäfte eintauchen und Charlotte einfach ein bisschen allein lassen? Vielleicht findet sie ja einen netten Banker, mit dem sie sich unterhalten kann«, entgegnete sie und zwinkerte mir ebenfalls zu, während sie sich bei unserem Vater unterhakte.

Er sah sie irritiert an.

»Ach findest du? Ich finde ja, wir sollten sie Prinz Philipp vorstellen, er sucht derzeit eine zukünftige Gemahlin für sich und sie sind etwa im selben ...«, erwiderte er, doch inzwischen hatte Rose ihn aus meiner Sicht- und Hörweite gebracht. Ich atmete tief ein.

Heiraten! Warum mussten alle gleich von der Ehe reden? Man konnte auch ohne einen Ring glücklich sein. Doch scheinbar teilte diese Einstellung kein Mensch mit mir, denn am Abend wurde ich noch öfters darauf angesprochen, wann es denn endlich soweit wäre. Für alle war es anscheinend das höchste Gut, das ich endlich den Mann meines Lebens finden sollte.

Aber - wie sollte ich das anstellen, wenn sich meine Welt doch in ganz anderen Bahnen bewegte?

»Sie interessieren sich also für Finanzen, Eure Majestät?«, fragte mich ein junger Herr, dunkle Haut und dem Akzent nach zu schließen, definitiv ein Amerikaner.

»Ich versuche, meinen Horizont in diesem Bereich derzeit etwas zu weiten, ja. Gestattet der Herr, wenn ich nach seinem Namen frage?«

Er lächelte selbstbewusst, während er sich verneigte.

»Natürlich. Entschuldigen Sie, dumme Angewohnheit. Mein Name ist Jonathan Smith«, stellte er sich vor, dann löste er die Verneigung.

»Jonathan Smith? Klingt mir nicht typisch amerikanisch«, erwiderte ich und er lachte leise.

»Das ist es in der Tat nicht. Mein Vater ist Amerikaner, doch meine Mutter war eine Deutsche. Sie hat mich nach ihrem Vater benannt, der Johann hieß«, erklärte er und ich nickte interessiert. Menschen interessierten mich. Vor allem, wenn sie außerhalb des Palastes lebten.

»Oh, das ist dennoch eine sehr schöne Geste, finden Sie nicht Jonathan?« Er lächelte und griff nach zwei Gläsern Sekt, die gerade von einer der Bediensteten auf einem Tablett vorbeigetragen wurden.

»Finde ich auch. Ich hatte gehofft, Sie heute Abend sprechen zu können, Eure Majestät. Man spricht sehr viel über Sie, auch in den Staaten«, erklärte er und ich nickte abermals, während ich ihm ein Glas abnahm.

»Und was spricht man so?«

»Nun, Sie sind eine sehr schöne Frau«, erklärte er, was mich instinktiv die Augen verdrehen ließ. »Entschuldigen Sie, Eure Majestät. Ich wollte Sie keineswegs verletzen«, bekümmerte er und ich seufzte auf. Es war immer dasselbe.

»Keine Sorge, so empfindlich bin ich nicht. Nur, wissen Sie, Jonathan, ich bin nicht wirklich interessiert daran, was alle von mir halten. Ich bin derzeit - nennen wir es, nicht interessiert«, erklärte ich, was ihn betrübt seufzen ließ.

»Das ist sehr schade. Ich habe selten eine Frau kennengelernt, die schön, intelligent und am Finanzwesen interessiert ist. Sie sind alles, was sich ein Mann wünschen kann, Eure Majestät. Entschuldigen Sie, wenn ich so offen spreche.«

Ich nickte. Das Schlechte an der Tatsache war eher, dass er recht hatte. Ich war das, wonach sich alle Männer sehnten, aber ich sehnte mich nicht nach ihnen.

»Begleiten Sie mich in den Park, Mr. Smith?«, fragte ich und er sah mich überrascht an.

Wenn es Vater glücklich machte, dann würde ich mich eben mit dem Amerikaner unterhalten, dass ich kein Interesse hatte, konnte ich meinem Vater ja immer noch am Morgen mitteilen. Außerdem erfreute ich mich gedanklich schon über den daraus aufkommenden Skandal.

»Wenn Sie gestatten, eure Majestät«, sagte er und reichte mir seinen arm, damit ich mich unterhaken konnte.

Eine dämliche, altertümliche Geste, aber dennoch - ich musste ja einen Ruf wahren.

»Eure Majestät, nun, wenn Sie nicht auf der Suche nach einem Mann sind«, schnitt er das nächste Thema an, während ich mich auf die steinerne Parkbank vor einer Hecke sinken ließ. Jonathan Smith blieb vor mir stehen und sah musterte mich auffällig lange.

»Haben Sie eine Zigarette für mich?«, fragte ich ihn und er sah mich überrascht an.

»Natürlich«, entgegnete er, dann streckte er mir die Schachtel entgegen, ebenso wie sein Feuerzeug.

»Ich muss ehrlich sein, Sie überraschen mich immer wieder, Eure Majestät.«

Ich nahm genüsslich einen Zug, ließ den Rauch durch meine leicht geöffneten Lippen in die Luft steigen. Es war mir ein Vergnügen die Leute um mich herum zu verblüffen.

»Inwiefern?«, fragte ich und er lächelte.

»Sie wollen nicht heiraten, obwohl jeder es von Ihnen erwartet. Sie rauchen und Sie interessieren sich für das Geschäftliche«, antwortete er. Ich zuckte mit den Schultern. Es war nichts Neues.

»Darf ich ehrlich sein, Mr. Smith?«

Er sah mich erwartend an, verhielt sich jedoch still, während er darauf wartete das ich fortfuhr.

»Wenn ich könnte, würde ich aus diesem goldenen Käfig fliehen, weit fort«, antwortete ich, während er mir dabei direkt in die Augen sah.

»Eure Majestät, Sie können nicht einfach gehen. Ganz England, ach, was rede ich, die ganze Welt blickt zu Ihnen auf. Sie sind eine Inspiration für uns, die Amerikaner, aber auch für alle Menschen auf der Welt. Ich bin froh, die Ehre zu haben, Sie persönlich kennenzulernen. Warum besuchen Sie mich nicht einmal in Chicago?«, fragte er, währenddessen er bereits seine Visitenkarte aus seinem Jackett zog.

»Wenn der Käfig einmal zu eng wird, kommen Sie zu mir. Ich werde Ihnen gern zur Seite stehen.«

Wir sahen uns einen Moment in die Augen, ehe ich die Karte mit einem Nicken einsteckte. Er lächelte, küsste zum Abschied meinen Handrücken und verschwand in der Nacht.

Lange sah ich auf das Stück Papier mit der goldenen Schrift in meinen Händen.

»Jonathan Smith,

1st Banker of the United Bank of America«, las ich, steckte die Karte in meine kleine Handtasche, während ich vor mich hin grinste, als wäre ich gerade die glücklichste Frau der Welt.

Als ich wieder den Saal betrat, war von Jonathan keine Spur mehr zu sehen.

Rose sichtete mich, während sie sich mit Prinz Philipp unterhielt. Sie lächelte ihm zu, dann flüsterte sie ihm etwas in sein Ohr und kam auf mich zu.

»Wer war der junge Herr?«, fragte sie mich und ich lächelte sie an.

»Ein Amerikaner«, antwortete ich.

Mit geweiteten Augen sah sie mich überrascht an. Vermutlich schien ein Amerikaner nicht gerade das zu sein, was sie erwartet hatte.

Wobei ich mich dann fragte, was sie wohl erwartete.

»Dein Beuteschema?«, fragte sie, doch ich schüttelte den Kopf.

»Er ist Banker, aber wir haben uns nett unterhalten. Und du? Ich wusste gar nicht, dass du neuerdings auf Schweden stehst? Köttbullar ist doch sonst nicht so deins«, scherzte ich, war sie milde lächeln ließ.

»Er ist ziemlich weit unten in der Rangfolge, wenn es um den Thron geht«, erklärte sie.

Verständnisvoll nickte ich. Sie würden also beide niemals auf dem Thron sitzen, andererseits würde sie so nie die Verpflichtung eingehen müssen und den Thron in Schweden besteigen.

Es sei denn ...

»Er scheint ganz nett zu sein«, sagte ich und sie strahlte mich begeistert an. Scheinbar war der Funke übergesprungen.

»Papa hatte eigentlich gehofft, dass du dich mit ihm anfreunden würdest. Er findet, er hat Führungsqualifikationen«, erwiderte sie.

Mal wieder zuckte ich mit den Schultern.

»Bleib an ihm dran, Tiger. Ich werde mich langsam, aber sicher zurückziehen. Es war ein harter Abend gestern, und ich muss morgen wieder raus«, erklärte ich und sie legte den

Kopf schief. Eine Angewohnheit, die wir uns seltsamerweise teilten.

»Macht es dich nicht wahnsinnig?«, fragte sie und ich sah sie fragend an.

»Was denn?«, antwortete ich. Ihr Blick war ernst und eisern.

»Diese Geheimnistuerei. Du kannst nie du selbst sein, weder auf der Arbeit noch hier«, entgegnete sie.

Ich schluckte. Damit hatte sie einen wunden Punkt getroffen.

»Preis des Blutes, behaupte ich einfach einmal«, sagte ich, ehe ich ihr über die Schulter zuwinkte und mich über die lange Treppe zurück auf den Weg in mein Zimmer machte.

ELINORE

Verdammt, in was war ich da nur hineingeraten? Ich stand vor dem Spiegel und betrachtete mich. Meine Kurven, die zu kleinen Brüste sowie das unbändige lockige braune Haar.

Du schämst dich für deinen Körper, mein kleines Vögelchen.

Es war, als könnte ich ihre Stimme hören, ihre Berührungen auf meinem Körper fühlen.

Das werden wir noch hinbekommen.

Doch wie? Der Abend hatte etwas verändert. Ich hatte noch nie mit einer Frau geschlafen geschweige denn hatte ich mich jemanden unterworfen. Es war absolutes Neuland für mich, denn bis zu dem Moment, in dem sie mich dominiert hatte, wusste ich nicht einmal, dass ich unterwürfig war. Bisher hatte ich mir auch nie sonderlich Gedanken darum gemacht.

»Eli, beeil dich. Ich will auch noch unter die Dusche«, quengelte Pascal, mein kleiner Bruder, was mich seufzen ließ.

Es war egal. Ich würde die Domina sowie das *Red Devil* nie wiedersehen.

Wie zur Hölle sollte ich auch nur eine Session bei ihr bezahlen?

Ich war zwanzig und studierte Kunst. Nicht gerade etwas, womit man mega viel Kohle machen konnte und meine Eltern konnte ich auf keinen Fall fragen, ob sie mir Geld leihen würden. Unser Verhältnis war schon seit Jahren nicht mehr das Beste. Durch meinen Nebenjob in einem kleinen Atelier kam auch nicht so viel Geld rum. Hin und wieder stellte Alfonso eins meiner Kunstwerke aus, die sich allerdings auch nur mindermäßig verkauften. Ich war keine große Künstlerin, beziehungsweise meinte Alfonso, dass ich großes Potential hatte, nur eben meine Bilder - ich malte Landschaften - verkauften sich wirklich schlecht, was jedoch laut Alfonso keineswegs an meinem Stil lag.

Es waren eben die Motive, die ihnen zu schaffen machten. Ich sollte mehr Modelle malen, aber - ich hatte kein geeignetes Modell und es war ziemlich schwierig, in London eines zu finden. Allerdings gab es hier auch einige Kunstliebhaber, aber ich zeichnete am liebsten die ewigen Weiten, die es eben hier nicht gab.

London war eine Großstadt, dreckig und voller Menschen. Sie hegte viel Schönes, aber für wahre Kenner war London ein dreckiger, bewölkter Käfig.

»Träumst du?«, rief Pascal, während er an die Tür hämmerte.

Sofort stellte ich das Wasser ab und griff nach meinem Handtuch. Ich wickelte mich ein und zwängte meinen mit Wasserperlen behafteten Körper an meinem Bruderherz vorbei.

»Na endlich, wurde ja auch Zeit. Hast du heute keine Uni oder so?«, knurrte er, was mich die Augen verdrehen ließ.

»Es ist Sonntag, Bruderherz. Ich gehe nachher mit Alfonso zu einer Ausstellung«, entgegnete ich. Pascal entfuhr ein Seufzer.

»Kunstausstellung. Irgh«, erwiderte er, wobei er das Gesicht verzog.

»Du hast doch keine Ahnung, was Kunst wirklich ist. Alles was dich interessiert ist Fußball«, widersprach ich, dann drehte ich mich um und hastete den Flur entlang.

Pascal schnaubte hinter mir, ehe die Tür ins Schloss fiel.

Ich bog nach links ab, direkt in mein Zimmer. Kaschmir lag bereits auf meinem Bett und hielt es nicht mal für sinnvoll, seinen Kopf zu heben.

Der Perserkater war ein Geschenk meiner Mutter gewesen, ein älteres Semester der bereits einige Jahre auf dem Rücken hatte, doch er war immer ein treuer Begleiter.

»Na los, alter Herr. Ich muss mich umziehen, die Bluse oder die hier?«, fragte ich ihn und schüttelte den Kopf, als er sich nur zusammenrollte, um weiter zu schlafen.

Na gut, dann würde ich eben auf klassisch setzen. Ich griff nach der weißen Schleifenbluse, der schwarzen Jeans, dem Blazer, der passenden Unterwäsche und den Spangenpumps, ehe ich mich für die Ausstellung stylte.

Wenn man sich auf eins verlassen konnte, war es das Wetter in London. Denn kaum hatte ich die Tür hinter mir zugeschlagen, als es wie aus Eimern zu schütten begann. Unter meinem Schirm hastete ich die Straßen entlang direkt zu Alfons Kunstatelier, wo der kleine Italiener schon auf mich wartete.

Alfonso hatte es irgendwann als Kunsthändler nach Paris verschlagen, wo er seine Frau Eveline kennengelernt hatte und mit ihr nach London gezogen war. Inzwischen war seine Frau gestorben, doch Alfonsos Freigeist war davon unberührt geblieben. Er kaufte Bilder an und verkaufte sie zu teuren Preisen an treue Kunden weiter. Das ein oder andere Bild wanderte sogar direkt bis zum König. Ganz selten setzte er sich selbst an die Staffelei, um zu malen, doch Alfonso sagte selbst, dass mit seiner geliebten Eve die Muse aus seinem Herzen verschwunden war.

»Elinore, meine Freundin!«, begrüßte er mich mit Küsschen links, Küsschen rechts. Etwas ganz Typisches für ihn, was mich unweigerlich grinsen ließ.

Er legte seine Angewohnheiten selten ab.

»Wohin geht es heute, Alfonso?«, fragte ich ihn und er lächelte sein charmantestes Lächeln.

»Nicht so schnell. Dein Bild vom Strand in Brixton habe ich gestern Abend an einen Interessenten verkauft. Erst einmal möchte ich dir danken und dir deinen Lohn geben. Manche Klienten haben tatsächlich ein Auge für die Schönheit deiner Werke.«

Mit diesen Worten drückte er mir einen Umschlag mit fünftausend Pfund in die Hand.

»Das ist mehr, als das Bild wert ist«, antwortete ich geschockt, doch Alfonso hielt sich den Finger vor die Lippen, ganz nach dem Motto »Ich weiß von nichts, mein Name ist Hase.«

»Also meine Verehrte, wollen wir?«, fragte er und ich nickte, ehe wir zu seinem Auto liefen und er mir die Tür aufhielt, damit ich einsteigen konnte. Es war eine ruhige Fahrt, ohne Staus. Alfonso sang leise zu den italienischen Oldies mit.

Ich starrte aus dem Fenster, mein Blick auf die vorbeziehende Landschaft geheftet.

Vor einer kleinen Halle blieben wir stehen. Alfonso stelle den Wagen ab, trat heraus, um mir die Tür zu öffnen.

»Danke, werter Herr«, neckte ich ihn und er grinste. Gemeinsam gingen wir zum Empfang. Es war eine kleine Ausstellung einiger unbekannter Künstler, was bedeutete, das Alfonso hier und dort mit alten Bekannten tratschte, während ich die Gemälde anschaute. Landschaften, Stillleben und einige Porträts. Mein Blick fand das Bild eines jungen blonden Mädchens mit einem Spitzenschirm.

»Eine ziemlich altmodische Darstellung unserer Prinzessin. Ihre Majestät, der König, hatte sie als nicht würdig eingestuft und nun steht das Gemälde für Liebhaber zum Verkauf«, erklärte mir ein Fachmann und ich unterdrückte ein desinteressiertes »Aha.«

»Es ist sehr schön. Die Pinselführung und auch die Farben«, versuchte ich mich kunstanalytisch und er lächelte.

»Ah, die Dame kennt sich sehr gut aus. Sind sie Künstlerin?«, fragte er.
Röte schoss mir in die Wangen.

»Nicht wirklich, also ich bin nicht gut. Ich studiere Kunst«, antwortete ich und sein Lächeln wurde breiter.

»Man ist immer nur so gut, wie man glaubt, es zu sein. Wenn Sie sagen, Sie können nicht malen oder nicht gut malen, dann werden Sie nie gut malen können. Sie müssen davon überzeugt sein, dass Sie gut sind, werden es auch die anderen sehen«, erklärte er und ich nickte. Vielleicht hatte er recht.

»Sie gehören zu Alfonso, nicht wahr? Sie haben sich einen sehr guten Lehrherren gesucht. Zu schade, dass sein kreativer Quell versiegt ist.«

Gemeinsam blickten wir zu dem kleinen Italiener, der bereits in einer Verhandlung steckte.

»Ich kenne kaum eins seiner Werke«, gab ich zu und er sah mich bedauernd an.

»Die schönsten Werke waren die Bilder über seine Frau. Umgeben von Blumen und in Seen«, schwärmte er. Ich nickte.

»Er behauptet von sich selbst, seine Muse verloren zu haben«, erklärte ich, nun lag es an ihm, verständnisvoll zu nicken.

»Es ist furchtbar. Passen Sie auf sich auf, Fräulein. So etwas darf Ihnen nie passieren «, entgegnete er und nickte.

»Wenn Sie einmal glauben, dass Ihre Gemälde und Sie gut genug sind, um sich der Öffentlichkeit zu porträtieren, würde ich mich sehr freuen, wenn Sie mich dann einmal in Paris besuchen könnten. Es wäre mir eine Ehre Sie und Ihre Kunst zu vermitteln. Bis dahin, gnädiges Fräulein, wage ich es, mich zu empfehlen. «

Mit diesen Worten drehte er sich um und ließ eine Visitenkarte fallen.

Maxime Moreau. Kunsthändler.
Ich grinste und stecke die Karte ein. Alfonso würde Augen machen.

Mit einer kleinen, aber feinen Auswahl an Bildern stiegen Alfonso und ich wieder in den Wagen. Er hatte einige schöne Aufträge an Land gezogen, unter anderem das Porträt der Prinzessin.

»Ich habe dafür einen Liebhaber. Sie ist so eine wunderschöne Frau. Ganz England kann den Tag nicht erwarten, an dem sie endlich ihre Verlobung bekannt gibt«, erklärte er.

Prinzessin Charlotte war wirklich eine sehr schöne und begehrte Frau, doch ich hatte mich nie sonderlich mit den Royals beschäftigt. Ich spielte nicht in ihrer Liga, aber auch der Stolz auf das Vaterland war so eine Sache für sich.

»Ich habe mich vorhin mit einem französischen Kunsthändler unterhalten. Maxime Morreau, kennst du ihn?«, fragte ich Alfonso und er nickte.

»Ein alter Bekannter, exquisiter Geschmack, vor allem wenn es um Porträts schöner Frauen geht«, erklärte er und legte den Kopf schief.

»Er meinte, wenn ich mich anstrenge, sollte ich mich und meine Werke bei ihm vorstellen«, fuhr ich fort, was Alfonso strahlen ließ. Ich wusste, dass er sich darüber freuen würde, wenn ich es ihm erzählte.

»Du bist eine talentierte junge Frau, Elinore. Vielleicht begegnet dir irgendwann jemand, der für dich die Muse sein wird. Wenn du irgendwann die Nase voll von Landschaften hast«, antwortete er und ich lächelte ihn dankbar an. Ich wusste, dass Alfonso an mich glaubte, mich unterstützte und dieses Wissen beflügelte mich.

Zuhause setzte ich mich auf mein Bett und griff nach meiner Spardose. Ich ließ das Geld in den Schlitz gleiten und seufzte im selben Moment. Es gab so viele Dinge, die ich damit hätte anstellen können und doch ... das Studium und die Malerei fraß so ziemlich alles andere auf. Ob ich Scarlett wiedersehen würde? Rücklings ließ ich mich auf die Matratze sinken, ehe ich die Augen schloss. ich wollte nicht an diese Domina denken. Es war eine einmalige Sache gewesen. Dennoch ...

Ich griff nach meinem Handy, öffnete die Internetseite des *Red Devils*.

»Für größtmögliche Abwechslung stehen Ihnen für verschiedene Doms zur Verfügung.
Maestro Steve
Mrs. Robinson
Madame Lucy
Mistress Irene
und Lady Scarlett.

Jeder Dom hat seine eigenen Präferenzen und weiß genau, wie er mit seinen Klienten Träume wahr werden lässt. Um mehr über den jeweiligen Dom zu erfahren, klicken sie auf das jeweilige Bild.«

Wie von selbst berührte ich das Bild von Scarlett und öffnete ihre Biografie.

»Ich bekomme immer, was ich will. Ich bin die Königin.

Ich fordere von meinen Untertanen nur den Gehorsam, den man einer Königin entgegenbringt.

Wenn ich den Raum betrete, bist du nicht mehr, als das gemeine Fußvolk. Meine Erwartungen an dich sind hoch, kannst du sie erfüllen?

Deine Unterwerfung verlangt Führung. Meine Dominanz ist die Gabe, Dich zu leiten und zu führen. Dominanz bedeutet nicht, Dich in die Knie zu zwingen, sondern das Verlangen zu wecken, vor mir in die Knie zu gehen, mir Respekt und Ehre zu zollen.

Respekt und Loyalität sind Werte, die an oberster Stelle stehen. Dennoch liebe ich es, wenn man mir auf Augenhöhe begegnet. Der willenlose, beinahe selbstlose Dienst für die Königin, in vollstem gegenseitigen Vertrauen.

In diesem Sinne freue ich mich auf unser erstes Zusammentreffen.

Ihre Majestät
Scarlett«

Ein eiskalter Schauer rann mir über den Rücken.
Ich wollte ihre Erwartungen erfüllen. Ich wollte ihre Dienerin sein. Ich ... fuck. Ich spürte, wie die Hitze sich in meinem Unterleib sammelte und warf verzweifelt mein Handy zur Seite. Seit wann war ich so notgeil?
Was machte Sie nur aus mir?

Ich griff nach meinem Sparschwein, nahm einen Batzen Geld in die Hand, griff nach meiner Geldbörse, der Jacke und verschwand, ohne weiter nachzudenken. Ich musste sie wiedersehen, aber ... War es sinnvoll, mich einer Illusion von körperlicher Nähe hinzugeben?

Ich betrat das *Red Devil.*

Der Türsteher vom letzten Mal stand davor, weshalb ich mein selbstsicherstes Lächeln herauskramte.

»Wieder hier?«, fragte er grimmig, was ich mit einem Lächeln quittierte, ehe ich mich an ihm vorbeischob.

Die Empfangsdame war ebenfalls dieselbe wie beim ersten Mal. Sie hatte die Haare offen, ein Lächeln zierte ihre rot geschminkten Lippen.

»Ich hätte gerne eine Session bei Ihrer Hoheit«, tat ich entschlossen meinen Wunsch kund, doch sie sah mich enttäuscht an.

»Oh, Ihre Hoheit ist die ganze Woche leider ausgebucht und die kommende Woche ist Sie auf Escort unterwegs. Ich kann Ihnen leider erst wieder einen Termin in drei Wochen anbieten, wenn Ihnen das noch reicht.«

Geschockt blickte ich sie an. In drei Wochen? Ich sollte drei Wochen warten? Enttäuscht wandte ich mich um.

»Wenn ich jedoch sonst etwas für Sie tun kann?«, rief sie mir nach, doch ich schloss bereits hinter mir die Tür und stand wieder draußen, dort, im Londoner Regen.

CHARLOTTE

Ich streifte den Mantel ab, froh darüber, endlich aus dem Regen raus zu sein, ebenso fern von allen Zwängen des spanischen Hofzeremoniells zu sein. Im *Red Devil* war ich für ein paar Stunden frei von allen Pflichten und Zwängen. Ein Leben fern ab der Krone. Francine, die Empfangsdame, warf mir einen besorgten Blick zu, ehe ich mich seufzend zu ihr gesellte, um den Überblick über die heutigen Termine zu erhalten.

»Was steht heute an?«, fragte ich, doch sie musterte mich.

»Die Kleine von neulich hat nach Ihnen gefragt, Eure Hoheit.«

Unsicher blickte sie mich an und ich musterte sie überrascht. Elinore? Hier? Hatte sie nicht gesagt, sie könnte sich keine Session mehr leisten? Woher hatte sie das Geld?

»Und? Wann hat sie einen Termin?«, fragte ich, bemüht kühl zu klingen.

»Ihr Terminplan ist sehr voll. Zudem sind Sie nächste Woche jeden Abend außer Haus auf Banketts mit Ihrer königlichen Majestät, Eure Hoheit«, rechtfertigte sie sich und ich knallte genervt die Faust auf den Tisch. Warum musste ich auf diese doofen Empfänge denn auch mit? Konnte das mein Vater nicht alleine erledigen, oder mit Rose?

»Eure Hoheit, ich hatte ihr einen Termin angeboten, doch Sie ...«, erwiderte sie, doch ich warf ihr nur einen finsteren Blick zu.

»Haben Sie wenigstens Ihre Nummer notierte?«, knurrte ich, was sie mich geschockt ansehen ließ.

»Nei ... nein, Eure Hoheit«, stotterte sie und ich drehte mich genervt um. Empfangsdamen waren zu nichts zu gebrauchen. Kein Wunder, dass sich viele Männer nur eine Sekretärin als Betthäschen hielten. Es gab da ein Sprichwort, dass in diesem Fall mehr als gut passte.

»Eure Hoheit, warten Sie!«, rief sie mir nach und ich blieb deutlich genervt stehen.

»Was denn, Francine?«, fragte ich, doch sie lächelte zögerlich und zufrieden.

»Ihre Freunde Justin und Alice sind Klienten bei Steve, sie haben beide eine Sitzung um kurz nach 22 Uhr bei ihm, soll ich diskret nach der Nummer forschen, Eure Hoheit?«, fragte sie, während meine Mundwinkel gefährlich nach oben wanderten.
Mit dem Daumen nach oben signalisierte ich ihr mein Einverständnis, ehe ich in mein Studio verschwand.

Die heutigen Kunden waren Stammgäste. Ausschließlich Männer. Eine Frau verirrte sich selten in meine heiligen Hallen. Vielleicht machte das Elinore auch so besonders? Weil ich mir erhoffte, von ihr berührt zu werden, um so meine dominante Seite mit ihr auszuleben? Ich mochte es nicht sehr gern, wenn die Männer mich berührten. Der Gedanke, sie leiden zu sehen, gefiel mir, doch tief im Inneren wusste ich schon immer, dass sie mich niemals glücklich machen würden.

Ich war gerade dabei nach der letzten Session, meine Toys zu pflegen, als Francine mein

Studio betrat, unsicher wie ein Reh im Lichtkegel stand sie mitten im Raum und biss sich auf die Zunge.

»Ich habe die Nummer, Eure Hoheit«, sagte sie, während sie mir eine Karte entgegenstreckte.

»Das Pärchen?«, fragte ich sie.

»Sie haben gar nicht gefragt, was ich damit wollte. Sie haben sie mir nur gegeben, Eure Hoheit«, antwortete sie und ich blickte auf das Papier in meinen Händen.

Mein Schlüssel zu Elinore.

Dann wandte ich mich Francine zu, die sich unsicher in meinem Studio umsah.

»Das hast du sehr gut gemacht, Lust auf eine Runde?«, fragte ich sie grinsend. Mit geweiteten Augen sah sie mich an.

»Ich ... Eure Hoheit, ich bin noch im Dienst, also sollte ich nicht und ...«, stammelte sie, doch ich hatte sie bereits auf das Bett gedrückt und mich ohne Widerrede auf ihren Unterkörper gesetzt.

»Es ist doch schon spät. Wir sind allein und das letzte Mal ist doch schon lange her, findest du nicht?«, fragte ich sie süffisant, bemerkte dabei, wie sich ein Lächeln auf ihre Lippen schlich.

»Aber nur dieses eine Mal, Eure Hoheit«, hauchte sie.

Mit meinen Händen fuhr ich ihr sanft über ihren Körper, was sie mit einem Zittern quittierte.

»Natürlich. Das sagst du jedes Mal«, hauchte ich, dabei strich ich ihr den Blazer von den Schultern, zog leicht daran, um sie davon zu befreien. Sie lächelte, als ich die Bluse öffnete. Meine Hände fanden ihre zierlichen Brüste, liebkosten sie. Kleiner als die von Elinore, schoss es mir in den Kopf und ich schüttelte diesen. Es war unprofessionell.

Ich spürte, wie sich Francines Atem beschleunigte, sie sich unter meinen Berührungen wandte. Es war ein Genuss.

»Eure Hoheit, nehmt mich, so wie es Euch beliebt«, hauchte sie und ich schob ihren Rock nach oben. Sanft ließ ich meine Fingerspitzen über ihre Oberschenkel über das Nylon ihrer Strapsstrümpfe näher zu ihrer Mitte wandern. Leise keuchte sie auf, als ich mich dem Stücken Stoff näherte und sie berührte.

»Wem gehörst du?«, fragte ich sie, doch meine Antwort war nur ein erregtes Keuchen.

»Euch, Eure Hoheit. Nur Euch«, antwortete sie. Zufrieden massierte ich sie durch den dünnen Stoff hindurch.

»Welcher Dom hat dich zuletzt gevögelt?«, fragte ich sie, doch sie biss sich nur auf die Lippe. Dabei wusste sie doch schon längst, dass ich nicht locker lassen würde.

»Antworte mir gefälligst«, knurrte ich, was sie stöhnen ließ, als ich zur Strafe in den Stoff abtauchte und ihre Lustperle berührte. Sie war so heiß. Ich wollte sie quälen.

»Steve. Er hat mich genommen, gestern, am Andreas Kreuz«, entgegnete sie und ich ließ mit einem gefährlichen Grinsen von ihr ab.

»Und nun kommst du zu mir und willst von mir genommen werden?«, knurrte ich, während ich ihren lustvollen Blick erwiderte.

»Oh, Eure Hoheit. Bitte. Bestraft mich. Nehm mich, wie es Euch beliebt. Ich bin euer Untertan!«, keuchte sie mir entgegen, dann griff ich nach dem Doppelstrapon. Es mochte seltsam klingen, aber ich liebte es, wenn meine Sub um Erlösung bettelte. Ich duldete keinen anderen Dom neben mir und doch tat Francine genau das, was ich ihr verboten hatte. Sie war wie eine verbotene Frucht. Allein das machte mich unheimlich an. Ich liebte es, mich gegen die Regeln zu stellen. Das machte mich an. Francine sollte meinen Zorn ruhig spüren. Sie hatte es verdient.

Ich führte den kürzeren Teil in mich ein, drehte sie auf den Bauch, spreizte ihre Beine und drang von hinten in sie ein. Ich kannte Francine gut genug, um zu wissen, wie ich sie schnell zum Orgasmus treiben konnte. Ich griff in ihre langen Haare, krallte mich hinein, woraufhin sie aufkeuchte. Genüsslich nahm ich sie in dem Tempo, das ihr beliebte.

»Eure ... Eure Hoheit, ich ... mehr«, forderte sie und ich schlug ihr auf den Hintern, beschleunigte mein Tempo, wissend, dass sie es nicht mehr lange machen würde.

»Wem gehörst du?«, fragte ich sie, doch als Antwort bekam ich nur ein lustvolles Keuchen. Es steckte mich an und ich spürte, wie auch ich dieses Spiel genoss.

»Euch, nur Euch«, stöhnte sie und warf ihren Kopf zurück. Meine Stöße wurden schneller, ihr Stöhnen lauter.

»Stöhn meinen Namen«, keuchte ich und beschleunigte mein Tempo, trieb sie kurz vor den Orgasmus. Mit einem letzten gezielten Stoß brachte ich sie über den Abgrund und hart stöhnend krallte sie sich um meinen Hals fest.

Vorsichtig ließ ich von ihr ab und fragte sie ein letztes Mal: »Wem gehörst du?«

Schweratmend keuchte sie: »Ihnen, Eure Hoheit. Nur Ihnen.«

Grinsend befreite ich mich aus ihrer Umklammerung und tätschelte zufrieden ihren Kopf. Sie lernte schnell.

»Das will ich doch hoffen«, entgegnete ich und stand auf, während sie es mir, noch wackelig auf den Beinen, nachtat. Ein befriedigtes Lächeln umspielte ihre Mundwinkel.

»Ich schließe ab, wir sehen uns Morgen«, flüsterte ich, hauchte ihr einen Kuss auf das Ohrläppchen, spürend, wie sie neben mir erzitterte. Es war immer gut die erogenen Zonen anderer Leute zu kennen.

»Wie Ihr wünscht, Eure Hoheit. Einen schönen Abend wünsche ich Ihnen noch«, erwiderte sie außer Atem, während sie ihr Outfit richtete und lächelnd an mir vorbei stiefelte.

Ich ließ mich rücklings auf das Bett sinken und strich mein dünnes weißes Seidenkleid zurück. Mit geschlossenen Augen zog ich den Strapon aus mir heraus, mir plötzlich der Leere bewusst.

Mit der rechten Hand umfasste ich meine rechte Brust, krallte in sie, berührte meine

Knospen, knetete sie. Meine Finger wanderten über meinen Bauch und wieder zurück, nur um den Weg mit der linken Hand fortzufahren. Ich strich über die glatte Haut, berührte mein Lustzentrum, was mich erregt aufstöhnen ließ.

Oh, wie lange hatte ich mich nicht mehr meiner eigenen Lust hingegeben?

Ich ließ meine Finger tiefer gleiten, drang mit einem Finger in mich ein, dann ließ ich ihn wieder herausgleiten. Mehr. Ich wollte mehr. Ich griff nach dem Strapon und ließ das Toy in mich hinein gleiten und heraus.

Meine Gedanken wanderten zu Francine, wie sie willig vor mir lag, wie ich sie nahm. Ihre Haare wurden brünett und im nächsten Moment war es Elinore, die ich fickte und nicht mehr Francine. Meine Bewegungen wurden schneller. Die Hitze unerträglicher. Mit der freien Hand rieb ich meine Lustperle im Takt zu meinen Bewegungen, krallte mich im Laken fest.

Der Strapon füllte mich aus und ich presste mein Becken dem Fremdkörper in mir entgegen. Meine Finger kreisten über meine Lustperle, ließen kleine Funken durch meinen Unterkörper sprühen. Ich spürte, wie der Druck und die Hitze unerträglicher wurden.

Ich wollte loslassen. Mich fallen lassen. Mich ihren Berührungen hingeben. Ich musste ...

Laut stöhnend warf ich den Kopf zurück, drückte meinen Rücken nach oben und zuckte erregt auf.

Schweratmend ließ ich die Nachwehen vergehen. Es war, als würde der ganze Stress von mir abfallen. Tiefatmend blickte ich auf die Uhr. Kurz nach vier. Eigentlich konnte ich auch gerade hier schlafen und mich morgen um Elinore kümmern, schoss es mir durch den Kopf, doch ich seufzte, ehe ich den Kopf schüttelte. Wenn ich nicht beim Frühstück erscheinen würde, würde man es mir übel nehmen. Elinore musste warten. So leid es mir auch tat. Doch das echte Leben hatte mich wieder, mit all seinen Pflichten und Aufgaben. Ich musste zurück in den goldenen Käfig.

ELINORE

»Hey Eli!«, begrüßte mich Justin, als ich meinen Twingo neben seinem BMW vor der Uni parkte und ausstieg. Alice kletterte kurzum ebenfalls aus seinem Auto, die Haare zerzaust, während eine verräterische Röte ihr Gesicht zierte.

»Nenn mich nicht so«, knurrte ich, doch er lachte nur auf.

»Hattest du einen schönen Abend letztens? Wir haben dich seitdem nicht mehr gesehen«, erwiderte er, was mich nur mit den Augen rollen ließ. Ich war nicht bereit mit ihnen dieses Thema aufzurollen. Schließlich hatte ich ihnen diese ganze Misere ja zu verdanken. Es half also nur die Flucht nach vorn.

»Hey, lauf doch nicht weg. Wir dachten uns nur, es könnte dir gefallen haben. Weil man uns nach deiner Nummer gefragt hatte«, fuhr er fort. Genervt drehte ich mich zu ihnen um.

»Na und? Für mich war das eine einmalige Sache, was ihr macht, ist mir egal«, knurrte ich, während ich versuchte, einen dramatischen Abgang hinzulegen. Leider war ich keine geborene Dramaqueen, was Alice seufzen ließ.

Ihre Worte: »Oh man, die ist ja schlecht drauf. Vermutlich hat sie ihre Tage« hinterließen dennoch einen Stich in meiner Brust.

Ich schnaubte. Sie hatten doch keine Ahnung.

Das Schlimmste am Studium waren definitiv die Vorlesungen. Langweilig, öde und vor allem trocken. Es war, als würde sich der Zeiger der Uhr nicht vom Fleck bewegen. Mein Empfang im Gebäude war utopisch und irgendwann machte es nicht einmal mehr Spaß, auf dem Block etwas zu zeichnen. Als ich das Studium angefangen hatte, war ich mit ganz anderen Erwartungen in die Vorlesungen spaziert. Kunstwissenschaftliche Analysen waren definitiv nicht ein Teil dieser Vorstellung gewesen.

Zum Glück wurde ich heute Mittag von der Uni verschont. Vielleicht würde ich Alfonso besuchen, eigentlich hatte ich heute zwar frei, aber ich sehnte mich nach Gesellschaft. Außerdem war es hin und wieder durchaus ganz unterhaltsam, sich mit dem Kunsthändler über andere Dinge, als über die anfallenden Aufgaben zu unterhalten. Mit Alfonso konnte man über Gott und die Welt reden. Genau das brauchte ich jetzt als Ablenkung. Eine Meinung zu anderen Dingen, die Keiner verstand.

Kaum hatte die Uhr endlich den Ausgangspunkt erreicht, war im Lehrsaal ein erleichtertes Seufzen aus allen Ecken zu vernehmen. Scheinbar schienen alle irgendwie ganz froh zu sein, dass es geschafft war. Ich konnte es ihnen nicht verübeln, wer wollte sich schon darüber unterhalten, was der Künstler sich wohl gedacht hatte, als er den Vorhang blau gemalt hatte und nicht orange. Er war vermutlich nicht depressiv. Blau passte einfach besser.

Ich griff nach meiner Tasche, warf meine Sachen hinein, nahm meine Jacke und machte mich auf in Richtung Freiheit, als mein Handy klingelte. Eine unbekannte Nummer.

Für gewöhnlich rief mich nie jemand an, den ich nicht kannte. Ich zögerte, ehe ich den grünen Knopf drückte um abzunehmen.

»Elinore Evans, hallo?«, sprach ich in den Hörer und für einen Moment herrschte Stille.

»Scarlett am Hörer. Ich habe gehört, du wolltest gestern einen Termin bei mir machen?«

Für einen kurzen Moment stockte mit der Atem. Sie rief mich tatsächlich an.

»Ja, das wollte ich, Eure Hoheit«, entgegnete ich und ich glaubte für einen Moment, einen Hauch von Genugtuung in ihrer Stimme zu hören.

»Heute Abend um 17 Uhr im *Red Devil,* wenn das für dich okay ist?«, fragte sie und ich nickte, wissend, dass sie es nicht sehen würde. Eine dumme Angewohnheit.

»Wie Ihr wünscht, Eure Hoheit. Ich werde da sein.«

Als Antwort vernahm ich das Tuten in der Leitung. Sie hatte kommentarlos aufgelegt. Verwundert starrte ich auf mein Handy.

Sie hatte angerufen. Sie wollte mich sehen. Durfte ich noch hoffen zu wagen?

Als ich Alfonsos Atelier betrat, saß mein kleiner Italiener bereits auf einem Fass und staubte eins seiner Porträts ab, die er erworben hatte. Als er die Türglocke hörte, drehte er sich zu mir um. Überrascht sah er mich an.

»Elinore, meine Freundin! Was tust du denn hier? Du hast heute frei, du hast dich doch nicht im Tag geirrt, oder?«, begrüßte er mich, dann zog er mich in seine Arme.

»Nein, alles in Ordnung, ich habe mich nicht vertan. Ich wollte nur vorbeischauen«, erklärte ich und er seufzte.

»Worüber willst du denn reden?«, fragte er mich und ich sah ihn mit großen Augen an.

Hin und wieder hatte ich das Gefühl, der kleine Italiener hatte einen fünften Sinn für meine Gefühle, was wirklich beängstigend sein konnte.

»Es gibt da eine Frau, die mich fasziniert, aber leider ist das schwierig. Ich weiß nicht einmal, ob ich sie mag, geschweige denn, ob sie die Richtige für mich ist«, schilderte ich mein Gefühlschaos und er sah mich fasziniert an.

»Ist sie schön? Hast du das Bedürfnis, sie zu zeichnen? Dann ist sie die Richtige. Wenn nicht, wird sie dich niemals glücklich machen.«

Nun war ich es, die ihm einen bewundernswerten Blick zuwarf und Alfonso lächelte mich an.

»Bei meiner Frau war es auch so. Ich hatte sie gesehen und am liebsten hätte ich sie den ganzen Tag lang gezeichnet. Alles, was ich wollte, war ihr Bild für immer auf der Leinwand einzufangen. Ich war ein bisschen schüchtern, weshalb ich sie nicht angesprochen habe. Aber sie war so selbstbewusst, kam her und hat mich angelächelt. In diesem Moment wusste ich einfach, dass ich sie liebte, immer lieben würde«, erklärte er.

Schwärmend sah ich ihn an.

Alfonsos Liebesgeschichten klangen schöner als jeder Roman. Doch meine Geschichte war keine Liebesgeschichte. Sie war eher eine erotische Erzählung. Es ging nicht darum, dass ich mit Scarlett mein Leben verbringen wollte. Alles, was ich wollte, war von ihr beherrscht zu werden. Sie war ein Teufel in Engelsgestalt, die verbotene Frucht am Baume. Dummerweise sehnte ich mich nach dieser Frucht, wie sich

Eva nach dem goldenen Apfel gesehnt hatte. In einer Stunde würde ich der Versuchung nachgeben können.

»Egal was ist, du wirst deinen Weg gehen«, sagte Alfonso mit Nachdruck und riss mich somit aus meinen Gedanken. Ich sah ihn an, lächelte dankbar.

»Mach's gut, Elinore. Wir sehen uns morgen, zur gewohnten Uhrzeit«, verabschiedete mich Alfonso und ich winkte ihm ein letztes Mal zu, ehe ich mich auf den Weg ins *Red Devil* machte. Als ich zu diesem kam, war der Schuppen jedoch noch düster und lag verlassen vor mir.

Hatte ich mich in der Zeit vertan? Oder am Tag? Nein, das konnte nicht sein.

Genau in diesem Moment schrieb mir Scarlett eine Whatsapp Nachricht.

›Komm hinten rum. Vorne ist zu. S.‹

Ich lächelte, drehte mich um und machte mich auf die Suche nach dem Hintereingang.

Scarlett stand bereits breit grinsend an der Tür. Sie trug nichts bis auf einen weißen Hauch von Stoff. Ihre Haare hatte sie zu einem Dutt gesteckt und um ihr Handgelenk hatte sie einige Seile gewunden. Sie sah beeindruckend aus.

»Komm rein, der Rest kommt immer erst um 19 Uhr rum, aber für dich mache ich eine Extra-Sitzung«, erklärte sie und ich lächelte sie neugierig an.

Eine Extra-Sitzung? Wieso?

»Du bist neu in der Welt, also dachte ich mir, sollten wir dran bleiben«, erwiderte sie, während ich sie fragend ansah.

»Jedenfalls«, fuhr sie fort, wobei ihre Finger über meinen Körper glitten, »habe ich besondere Pläne mit dir. Komm mit.«

Sie griff nach meiner Hand, zog mich bestimmend mit in ihre Räumlichkeiten.

»Ich möchte, dass du dich auziehst, sobald wir den Raum betreten und dich im Spiegel anschaust. Wenn du bereit bist und deinen Körper akzeptierst, möchte ich, dass du vor das Bett kommst und vor mir auf die Knie gehst, hast du das verstanden, mein Vögelchen?«, fragte sie streng, was mir einen wohligen Schauer der Erwartung durch meinen Körper jagte, als sie mich ›mein Vögelchen‹ nannte.

»Ja, Eure Hoheit, ich habe verstanden«, antworte ich, während ich mich zum Spiegel umdrehte.

»Gut«, entgegnete sie, setzte sich auf das Bett und sah mich an.

Ich atmete tief durch, erst dann begegnete ich meinem Spiegelbild. Meine langen braunen Haare waren viel zu lockig und erinnerten mich etwas an die Frisuren von Amy Winehouse, wenn sie einen schlechten Tag hatte. Auch das Batman T-Shirt schmeichelte meiner Figur alles andere als besonders und die Jeans, sowie die Chucks waren absolut abgetragen. Ich war keine Frau, die man begehrte, vermutlich würde ich nie eine werden. Ich war eher der Kumpel-Typ.

Langsam zog ich das T-Shirt aus, den Blick ihrer Hoheit direkt im Rücken. Nur noch in BH und Jeans stand ich vor dem Spiegel. Mein Blick wanderte über meinen Körper. Die viel zu kleinen Brüste im Vergleich zu den viel zu breiten Schultern. Nein, ich war keine Schönheit. Ich bückte mich, langsam, öffnete die Chucks, die ich mir ungelenk von den Füßen strich. Ich atmete tief ein, als ich den Gürtel öffnete, um mich langsam aus der Hose zu quälen. Nur in Unterwäsche stand ich vor dem Spiegel.

Die Frau im Spiegel sah aus wie ich, aber ich konnte mich nicht mit anderen Augen sehen. Egal was ich sah, es waren so viele Dinge, die mich störten. Vorsichtig umfasste ich meinen Körper als würde ich mich selbst umarmen wollen, doch ihre Hoheit blickte mich streng an. Meine Zähne bohrten sich in meine Unterlippe, als ich den BH öffnete, ihn von meinen Schultern gleiten ließ. Meine Augen schlossen sich wie von selbst, als wollten sie nicht, dass ich mich ansah.

Ich vernahm, wie die Bettdecke raschelte und Scarlett hinter mir aufstand. Sie kam näher und kurz darauf vernahm ich ihre Stimme an meinem Hals. Ihr Atem kitzelte mich.

»Du bist wunderschön«, flüsterte sie, während sie ihre Lippen auf meinen Hals hinab senkte.

Ich schüttelte den Kopf.

»Öffne deine Augen«, antwortete sie und ihre Stimme zeigte mir, dass es keine Bitte, sondern ein Befehl war. Erst öffnete ich ein Auge, ehe das andere langsam folgte. Scarlett hatte derweil ihre Hände um mich gelegt, ihre Finger berührten sanft meine Brüste. Meine Atmung war angespannt, mein Körper lehnte sich ihrer Berührung entgegen.

Sie war etwas kleiner als ich, doch nicht so, dass der Größenunterschied ein Problem wäre.

»Du bist bewundernswert. Du wirst es irgendwann verstehen, mein Vögelchen«, flüsterte sie, während ihre Hand den Weg in meinen Slip fand und ihn quälend langsam nach unten zog. Ich bereute sofort, dass ich mich nicht noch einmal rasiert hatte, denn langsam begannen die Haare erste Stoppel zu bilden. Eine leichte Röte zierte meine Wagen und instinktiv drehte ich den Kopf zur Seite. Doch Scarlett fuhr über meinen Unterkörper, lächelte mich mit einem ehrlichen Lächeln an.

»Ich sagte doch, du bist berauschend schön«, entgegnete sie. Tatsächlich schaffte ich es, mein Spiegelbild halbherzig anzulächeln. Vielleicht würde ich es irgendwann auch sehen. Vielleicht.

CHARLOTTE

Ich strich über ihren wunderschönen Körper. Elinore war ein schönes Mädchen und sie hatte es nicht nötig, sich für ihren Körper zu schämen. Dennoch wusste ich genau, dass sie es tat.

»Ich will, dass du dich heute anschaust, wenn ich dich ficken werde«, erklärte ich, während ich ihre Brustwarzen berührte.

Sofort stellten sie sich auf. Elinore keuchte auf. Kein Wunder, so empfindsam und empfänglich für meine Berührungen, wie ihre Brüste es gerade waren. Verzweifelt biss sie sich auf die Zunge, um das Geräusch zu unterdrücken, was mir ein Grinsen auf die

Lippen zauberte. Sie war so unerfahren, aber dennoch so neugierig.

»Du sollst sehen, wie begehrenswert du doch bist, wenn du dich mir hingibst. Wirst du dich mir hingeben?«, fragte ich, aber alles was ich als Antwort bekam, war ihr Keuchen, denn meine Hand wanderte tiefer, stetig näher an ihren Lustpunkt, bis ich ihn berührte. Erregt drückte sie sich näher an mich.

»Ja, Eure Hoheit, ich will mich Euch hingeben.«

Ich grinste sie zufrieden an. Sie war ein gutes Kind. Vor allem so gehorsam.

»Knie dich auf den Boden und schau dich im Spiegel an. Stütz dich mit den Händen ab und spreize deine Beine«, befahl ich ihr, während ich zu meinem Bett über wanderte, um dort aus dem Nachttisch den Strapon herauszuholen. Das schwarze Silikon fühlte sich kalt, aber doch so verführerisch und vertraut in meinen Händen an und das schwarze Kunstleder wartete darauf, sich um meinen Körper zu winden.

Ich griff nach meinem Kleidchen, zog es über meinen Körper. Das Leder des Strapons legte sich um mich. Ich zog es fest und ließ das Gleitgel über meinen Teil des Strapons gleiten, dann führte ich ihn in mich ein und keuchte kurz auf. Es war jedes mal berauschend. Es war ein wunderbares Gefühl der Ausgefülltheit, dass mich durchströmte. Ich wollte sie ficken. Sie sollte meine Sklavin sein. Meine perfekte Untertanin. Die Frau, die ich begehrte, während sie mir diente.

Mein Blick fiel auf Elinore, die sich auf den Boden gekniet hatte, die Beine gespreizt und den Kopf auf den Armen zu Boden gewandt. Grinsend strich ich über ihren Hintern, griff nach ihrem Bein und zog es etwas mehr zur Seite.

»Mach dich breit, mein Vögelchen. Zeig mir ruhig, was du hast«, forderte ich und Elinore nickte, während sie meine Forderung ausführte. Ihr Blick wanderte nach oben auf den Spiegel und sie keuchte überrascht auf. Genau das wollte ich, denn es bescherte mir ein amüsiertes Grinsen.

»Ich möchte, dass du meinen Forderungen und Berührungen Folge leistest. Wenn ich mich anfasse, ist es dir auch erlaubt es zu tun, sofern ich nichts anderes sage.«

»Ich habe verstanden, Eure Hoheit«, entgegnete sie. Das Spiel konnte beginnen. Grinsend ließ ich meine Hand von ihrem Hals über ihren gesamten Rücken zu ihrem Hintern wandern, strich über ihre Backen und ließ sie nach unten und vorn über ihre Mitte wandern, was sie aufkeuchen ließ. Sie war bereits feucht und voller Erwartung. Es würde ein faszinierendes Spiel werden. Ich ließ mich auf meinen Knien etwas seitlich hinter ihr nieder, so dass sie mich genau im Blick haben konnte. Dann ließ ich meine Hand über meinen eigenen Körper wandern.

Meine Finger berührten meinen Hals, strichen über mein Schlüsselbein zum Ansatz meiner Brüste. Ihr Blick folgte aufmerksam den Bewegungen meines Spiegelbilds.

Schüchtern ließ sie ihre rechte Hand über ihren Hals und das Schlüsselbein wandern.

Grinsend schob ich meine Hand auf meinem Körper näher an meine Brust über meinen Bauch, gen Süden. Kurz vor dem Unterleib ließ ich die Hand liegen und musterte Elinore, wie sie ihre Finger über ihre Brust wandern ließ und immer tiefer. Meine Finger wanderten weiter nach oben, berührten meine Nippel, krallten sich mit den Fingern in die Haut und kneteten sie fest.

Mein Blick haftete sich auf Elinore, die im Spiegel meinen Berührungen Folge leistete und sich nun ebenfalls verwöhnte.

»Berühr dich selbst, mein Vögelchen«, forderte ich und ließ eine Hand tiefer gleiten.

»Ja, Eure Hoheit«, entgegnete sie und ihre Hand wanderte tiefer in den Süden und zeitgleich wie ich, berührte sie ihre Mitte.

Erleichtert oder erschrocken, ich war mir im ersten Moment nicht sicher, schnappte sie nach Luft, als sie ihren Lustpunkt fand und sich dort berührte. Sie sah zum Anbeißen aus.

Die Hitze, die sich um den Strapon in mir bildete, musste mit ihrer vergleichbar sein. Ich berührte das Silikon des Strapons mit meinen Fingern und strich auf und ab, was mir sofort Elinores Aufmerksamkeit bescherte. Sie leckte sich erregt über die Lippen.

Sie wollte also spielen? Na gut, darauf ging ich gerne ein. Wenn sie es schon herausforderte.

Langsam ließ ich meinen Teil des Strapons in mir gegen mich stoßen und strich über den Teil, der für sie bestimmt war. Ich keuchte leise und schob mein Becken meinen Bewegungen entgegen. Sie verfolgte jede meiner Bewegungen.

»Willst du ihn lecken?«, fragte ich sie und mit großen Augen blickte sie auf den schwarzen Dildo in meinen Händen.

Unsicher entgegnete sie: »Ja, Eure Hoheit. Lasst mich ihn berühren.«

Noch immer den Dildo streichelnd trat ich neben sie, sodass sie ihren Kopf drehen musste, den Dildo direkt vor ihrem Gesicht und ... sah zu, wie sie ihn in den Mund nahm.

Elinore saß vor mir, mit der Hand zwischen ihren Beinen berührte sie sich selbst, während sie dem Dildo einen Blow-Job vom Feinsten verpasste. Zu gerne wünschte ich mir, jetzt ein Kerl zu sein. Doch allein die Bewegungen in mir, waren ein Feuerwerk der Erregung.

Ich griff in ihr Haar, ließ sie meinen Schwanz noch einmal mit den Lippen hoch und hinab gleiten, ehe ich sie dazu zwang, sich von ihm zu lösen. Sie kniete vor mir, auf allen vieren und wartete darauf, dass ich sie erlöste.

Ihre Atmung ging schwer und ich berührte ihre Mitte, die so triefend nass war, dass sie sicherlich das Gefühl haben musste, auszulaufen.

Langsam folgte ich ihr auf die Knie, positionierte mich hinter ihr und strich ihr behutsam über den Hintern, ließ meine Handfläche über ihre Oberschenkel tiefer nach unten gleiten. Elinore zitterte unter meiner Berührung und ich ließ meine Finger wie sanfte Federn über die Innenseiten ihrer Oberschenkel hinaufgleiten. Sanft berührte ich ihre Mitte, fühlte, wie feucht sie bereits war und das, obwohl ich sie noch nicht einmal direkt berührt hatte. Elinore keuchte unter der Berührung und mit einem Grinsen ließ ich meinen Finger über ihre gesamte Spalte gleiten, berührte ihre Lustperle, um wieder zurückzugleiten. Jedes Mal, wenn ich meine Finger nach vorn bewegte, keuchte Elinore erregt auf. Sanft zog ich mit meinen Fingern kleine Kreise an ihrer Lustperle. Sie keuchte, bewegte sich gegen meine Berührung.

»Mehr, bitte, Eure Hoheit«, keuchte sie. Als Antwort strich ich nach hinten bis zu ihrem Eingang, um vorsichtig einen Finger in sie gleiten zu lassen. Langsam bewegte ich mich in ihr und sie stöhnte auf, bewegte sich meinen Bewegungen entgegen. Ich grinste, als ich einen zweiten Finger hinzunahm und sie weitete.

»Oh mein Gott, Eure Hoheit. Mehr. Fickt mich«, stöhnte sie, und ich bewegte mich schneller in ihr. Erst, als sie nach mehr bettelte, zog ich mich aus ihr heraus und griff nach dem Strapon.

Das Silikon in meinen Händen fühlte sich vertraut an, als ich den Strapon in ihre feuchte Öffnung einführte.

Elinore stöhnte erregt auf, während ich ihre Hüften umfasste, um sie näher an mich zu ziehen. Ich bewegte mich in ihr und spürte, wie die Bewegung meinen Teil des Strapons immer tiefer in mich drückte und sich wieder entfernte. Das Gefühl der Reibung ließ mich erregt aufstöhnen und ich keuchte im Rhythmus meiner Stöße. Elinore stöhnte erregt, als ich sie fickte. Den Blick hielt sie starr auf ihr Spiegelbild gerichtet. Sie sah so heiß aus. Es war ein Genuss, mich zu beobachten, wie ich sie nahm. Langsam und tief, genauso wie ich es mir wünschen würde. Sie keuchte, stöhnte, während ich meine Stöße beschleunigte, mich in ihre Haare krallte, sodass sie sich im Spiegel beobachten musste. Wir gaben uns halt.

»Wem gehörst du?«, fragte ich sie und sie stöhnte erregt.

»Ihnen, Eure Hoheit«, antwortete sie und ich beschleunigte abermals meine Bewegungen.

Sie keuchte und ich spürte, wie sie langsam vor Erregung zitterte. Ihr Orgasmus war nicht mehr fern. Vermutlich zum greifen nahe.

»Wem gehörst du?«, fragte ich abermals, doch auch meine Stimme war nur noch ein erregtes Keuchen. Ich war mindestens genauso heiß.

»Euch, Eure Hoheit. Ich ... «, stöhnte sie und ich fickte sie hart, ehe sie unter mir erzitterte und ich spürte, wie sie sich verengte. Sie schob ihr Becken zurück und riss mich mit sich in den Abgrund. Die Hitze holte mich ein und ich schrie auf, bog meinen Rücken durch und klammerte mich an ihren Körper.

Elinore schien in den Nachwehen ihres Höhepunktes gefangen, als ich die Augen öffnete, denn sie hatte sich abgestützt, die Augen geschlossen und atmete schwer. Vorsichtig zog ich mich aus ihr heraus, schnallte den Gurt ab. Elinore beobachtete mich und ich lächelte sie an.

»Du bist wunderschön. Hast du gesehen, wie schön du bist, wenn du kommst?«, fragte ich sie. Kaum merklich huschte ein Lächeln über ihre Lippen und sie nickte.

»Ja, Eure Hoheit. Ich danke euch.« Elinores Gesicht war gerötet und ich half ihr auf die Beine.

»Was machst du eigentlich?«, fragte ich sie und sie sah mich mit schräg gelegtem Kopf an. »Wie bitte?«, fragte sie und ich begriff, dass sie mich wohl nicht verstanden hatte.

»Beruflich? Ich dachte, du hattest dir keine Sitzung leisten können?«, fragte ich interessiert, doch sie sah verlegen zu Boden.

»Ich bin Studentin«, erklärte sie.

Ich nickte ihr zu. Studentin also. »Und was studierst du?«, fragte ich sie, während sie unsicher ihren BH in den Händen hielt.

»Kunst«, antwortete sie und ich lächelte. Kunst. Ja, das passte zu ihr.

»Das ist ein wunderschönes Berufsfeld«, erklärte ich. Ein Lächeln huschte über ihre Lippen.

»Sie sind die Erste, die das sagt, Eure Hoheit«, entgegnete sie. Ich zuckte mit den Schultern.

»Du kannst aufstehen und dich anziehen, wir sind für heute fertig.«

Schweigend beobachtete ich sie dabei, wie sie sich anzog. Erst als sie in ihre Schuhe schlüpfte, sprach sie mich an.

»Wann werde ich Sie wiedersehen, Eure Hoheit?« Sie kramte nach ihrem Geldbeutel in der Handtasche und ich seufzte.

Eine unschöne Frage, da die nächsten Termine in meinem Kalender durchweg wichtig und nicht gerade so einfach zu verschieben waren.

Am Hofe warteten einige wichtige Termine auf mich und Vater mit seinen Wünschen, mich zu verheiraten. Es war ein Trauerspiel.

»Ich kann es noch nicht sagen, aber ...«, sagte ich, doch sofort biss ich mir auf die Zunge. Nein. Ein Treffen außerhalb dieser Heiligen

Mauern war unmöglich. Zu skandalös. Wenn mich jemand erwischen würde.

»Ich hab doch deine Nummer«, fuhr ich stattdessen fort und sie lächelte mich an.

»Sie können sich gerne melden, Eure Hoheit«, entgegnete Elinore und ich nickte, dann verneigte sie sich vor mir, ehe sie sich umdrehte und das *Red Devil* verließ.

Eine Sekunde zu lang starrte ich ihr nach. Elinore war eine bildhübsche Frau und vor allem war ihr absoluter Gehorsam für mich eine bisher unbekannte Überraschung. Sie war eine Frau mit eigenem Willen und ihr Haar spiegelte diese Eigenheit wieder. Egal wie sehr sie auch glaubte, das sie nicht genug war. Elinore war genug. Sie war wunderschön.

»Du bist ja schon wieder zurück«, bemerkte Rose, als ich durch den Hintereingang in meinen Flügel schlich. Sie trug ein langes Seidennachthemd und ihre blonden Haare hatte sie zu Zöpfen gebunden. Ach wenn sie bereits kein kleines Mädchen mehr war, ich würde immer meine Kleine in ihr sehen.

»Ja, hattest du etwa erwartet, dass ich die ganze Nacht fernbleibe?«, entgegnete ich und Rose kicherte mädchenhaft.

»Verübeln könnte ich es dir nicht«, murmelte sie und sah auf den Boden. Ich seufzte, während ich sie in meine Arme zog.

»Morgen Abend siehst du Prinz Philipp wieder«, versuchte ich, sie zu trösten, doch Rose schüttelte nur ihren Kopf an meiner Schulter.

»Du wirst ihn heiraten, nicht ich. Es ... vermutlich mag er mich nicht einmal«, schniefte sie und ich schüttelte den Kopf.

»Ich werde ihn niemals heiraten. Hörst du? Ich könnte nie zulassen, dass es dir schlecht geht«, entgegnete ich und sie wischte sich die Tränen von den Wagen.

Dann gab sie mir ein Versprechen, von dem ich immer hoffen wollte, dass Sie damit recht haben würde.

»Ich werde nie zulassen, dass du unglücklich wirst.« Oh Rose, wenn du doch nur recht hättest.

Meine Gedanken drehten sich um Elinore. Wie sie vor dem Spiegel saß, darauf wartete, dass ich sie nahm. Wie ich sie ans Andreaskreuz fesseln und züchtigen würde. Wie sie vor Erregung keuchte, weil sie meine Sklavin war. Ich liebte es, zu wissen, dass sie für mich, ihre Hoheit, alles tun würde. Diese absolute

Kontrolle. Das Leben im Palast war ein Käfig mit einem fetten Vorhängeschloss. Ich fühlte mich wie ein Vogel eingeengt, ohne Freiräume. Mit Elinore oder den anderen war das Leben einfacher. Ich konnte dem Käfig entfliehen, frei sein und leben. Vielleicht würde ich sogar irgendwann lieben dürfen. Doch mein Leben als Prinzessin war geregelt. Die Möglichkeit dem Zwang der Ehe, der Nachkommensfrage zu entgehen, war leider ein Ding der Unmöglichkeit. Die Krone schwebte über mir, wie ein Damoklesschwert.

ELINORE

Ich war schön. Oder sollte ich eher sagen, Sie fand mich schön? Es war seltsam, davon zu sprechen, dass ich ein Objekt der Begierde sein sollte. Auf der ganzen Welt gab es so viele Frauen, die traumhaft aussahen, aber ich gehörte nicht dazu. Selbst Scarlett war eine absolute Schönheit. Ob eine Domina wohl eine Beziehung führte? Es war für sie doch nichts anderes als ein Job, in dem sie ihre eigenen Wünsche ausleben konnte. Vermutlich hatte sie daheim einen Mann sitzen, der sie liebte und Kinder, die nichts davon wussten, was sie nachts tat. Oder sie war Single und hatte gar kein Bedürfnis nach einem Partner, der ihr Halt gab?

Es sollte mich nicht beschäftigen. Aber dennoch tat es das. Ich erwischte mich dabei, wie ich abends auf dem Fensterbrett saß, meine Gedanken um sie kreisten und wie von selbst ihr Porträt auf meinem Papier Gestalt annahm.

Ihre Haare, einmal offen, einmal geschlossen, verspielt vor das Gesicht gehalten oder wie sie ihre Mähne nach hinten strich. Ihre Augen, die mich fixierten, darauf warteten, mich auszuziehen. Ihre sinnlichen Lippen leicht geöffnet, das weiße Kleidchen, das leicht verrutscht war und mir den Ausblick auf ihre Brust genehmigte.

Scarlett war ein wunderschönes Modell. War sie etwa meine Muse? Ich wusste es nicht. Zudem würde sie gewiss nicht für mich Modell sitzen. Außerdem bezweifelte ich, dass ich einen Abnehmer für eine sinnlich dreinblickende Frau finden würde. Scarlett war ein Hirngespinst meiner Fantasie. Sie war eine viel beschäftigte Frau. Meine Hoheit. Nicht meine Muse. Ich war ihre Sklavin. Es oblag mir nicht, Ansprüche an sie zu stellen.

Die Suche nach meinem Modell würde also weitergehen.

Der Wecker klingelte bereits das dritte Mal und irgendwie konnte ich mich nicht dazu aufraffen, endlich aufzustehen. In der Uni würde ich mich wieder mit kunstwissenschaftlichen Analysen herumschlagen müssen.

Verständlich wenn sich meine Begeisterung dafür also in Grenzen hielt. Scarlett hatte sich ebenfalls noch nicht gemeldet. Mein einziger Lichtblick war es also, dass ich heute Mittag wieder bei Alfonso aushelfen würde. Irgendwie hatte ich mir das Studentenleben doch abenteuerlicher vorgestellt. Nun gut, ich hatte in meiner Planung auch nicht mit eingerechnet, dass ich mir meine Wohnung mit meinem jüngeren Bruder teilen musste.

»Hey Schwesterherz, du bist ja noch gar nicht wach. Mein Kaffee wartet doch darauf, dass du ihn mir machst«, rief eben dieser durch meine Zimmertür. Ich seufzte.

»Du bist alt genug, mach ihn dir selber«, knurrte ich, doch ich wusste genau, dass es Pascal nicht interessieren würde. Er wartete nur darauf, dass ich mich aus meinem Bett bewegte und er seinen Willen bekam.

Seufzend schmiss ich die Decke zurück, griff nach meinem Morgenmantel, ehe ich die Tür aufschloss, nach links und rechts schaute - in der Hoffnung, dass ich nicht gleich in Pascals Arme lief - ehe ich, als ich sicher war, dass die Luft rein war, ins Bad huschte.

Wann sich Scarlett wohl melden würde? Ich schüttelte den Kopf. Was war ich auch so abhängig von ihr? Aber - der Gedanke daran, wie sie mich berührte ließ meiner Phantasie freien Lauf. Eine bildliche Vorstellungskraft war ein Fluch und Segen zugleich.

Langsam schälte ich mich aus meinen Klamotten, stieg unter die Dusche und drehte das Wasser auf. Ich schloss meine Augen und ließ meine Hände über meinen Hals wandern, so wie sie es gestern bei mir getan hatte. Meine Hände glitten über meine Brüste, über meine Brustwarzen, die sich sofort nach Aufmerksamkeit sehnten. Behutsam kreiste ich mit meinen Fingerspitzen über meine Nippel, während meine linke Hand zwischen meine Beine wanderte und dort meinen Unterleib berührte.

Ich keuchte sehnsüchtig auf, als meine Finger meine Lustperle berührten, stellte mir vor, es wären Scarletts Finger, die mich dort berührten.

»*Du bist so schön, wenn du kommst*«, hallte ihre Stimme in meinem Ohr wider, während ich mich mit etwas mehr Druck rieb. Ein ungelenkes Stöhnen überkam mich, als ich zusammenzuckte und mich dem Orgasmus hingab.

»Gibst du mir mal die Marmelade?«, fragte mein Bruder und ich zog eine Augenbraue hoch.

»Zauberwort?«, antwortete ich, doch Pascal rollte nur genervt mit den Augen.

»Alohomora«, entgegnete er und ich lachte, ehe ich ihm die Marmelade zuschob. Ein einfaches Bitte war bei Pascal zu viel verlangt.

»Was hast du heute für Vorlesungen?«, fragte ich und er zuckte mit den Schultern.

»Mathematik und Info«, antwortete er schmatzend, nachdem ich ihn mit meinem Blick gelöchert hatte.

»Muss ich heute Abend kochen, oder bist du wieder bei Lisa?«, forschte ich weiter, doch er zuckte nur mit den Schultern.

»Lisa ist nicht aktuell. Alina ist viel angesagter im Moment. Bist du heute Abend zu Hause?«, fragte er und ein Glitzern lag in seinen Augen.

Ich schluckte. Mein Bruder hatte Pläne. Verbotene Pläne, von denen ich nichts wissen wollte. Weißes Pferd auf grüner Wiese.

»Eigentlich schon«, stockte ich, doch er sah mich mit großen Augen an.

»Du könntest doch mal ausgehen. Ins Theater oder so - das machen so spießige Kunststudenten doch, oder?«, fragte er, doch der freche Unterton in seiner Stimme gefiel mir gar nicht.

»Ich überlasse dir nicht ständig die Wohnung, nur weil du dauernd irgendwelche Weiber abschleppst«, knurrte ich. Aber Pascal grinste nur, ehe er mit seinem Teller in der Hand aufstand.

»Dasselbe könnte ich über dich behaupten«, entgegnete er mit einem überzeugten Grinsen und sofort wurde mir flau im Magen. Woher? Doch bevor ich ihn fragen konnte, war Pascal schon im Treppenhaus verschwunden. Bevor ich ihm hinterher konnte, fiel auch gleich die Tür ins Schloss.

Er wusste es. Doch ... woher wusste er es? Es gab nur eine Möglichkeit, und diese nannte sich Alice und Justin. Genervt fuhr ich mir durch die Haare. Wenn es Tratschtanten gab, dann waren Alice und Justin vermutlich die Könige auf diesem Gebiet.

Zum Glück fand man die beiden immer an der gleichen Stelle. Alice lag in Justins Arm und lachte herzlichst über einen seiner vermutlich bereits fünfzig Mal erzählten Flachwitze. Als sie mich sahen, grinsten sie mich an, winkten mir zu.

»Hey Eli! Schön, dass du dich zu uns gesellst, was gibt es?«, fragte mich Justin und ich funkelte ihn böse an.

»Warum erzählt ihr Pascal, dass ich auf Frauen stehe?«, knurrte ich mehr als genervt. Alice sah mich überrascht an und wich ein Stück zurück. Ertappt!

»Es entspricht nicht mal der Tatsache, ich bin … nicht interessiert«, fuhr ich fort und Justin hob beschwichtigend die Hände.

»Hey, ruhig Brauner. Wir haben nur gesagt, dass du dich mit einer Frau getroffen hast. Natürlich haben wir Pascal nicht erzählt , dass du dich mit einer Domina verabredet hast. Schließlich wusste er ja schließlich auch, dass du an diesem Abend mit uns im *Red Devil* gewesen warst und das habe ich ihm doch schon erzählt, bevor wir …« erklärte er und Alice schlug ihm in die Seite.

»Du hast ihm erzählt, dass ich im *Red Devil* war? Sag mal, bist du von allen guten Geistern verlassen worden?«, schrie ich ihn an und er sah sich um.

»Nun, es war ja kein Geheimnis und du hattest ja schließlich deinen Spaß. Hast du die Domina inzwischen wiedergetroffen?«, fragte er, doch ich drehte mich wutentbrannt um. Solche Idioten.

Am besten sollte ich mir gleich ein Schild um den Hals hängen, auf dem Stand, dass ich die Sub einer Domina war. Hatten die Zwei wieder klasse gemacht. Absolut.

Den ganzen Tag in der Uni hatte ich das Gefühl, dass ich beobachtet wurde. Das die Leute alle Bescheid wussten. Es war seltsam, vor allem aber war es alles andere als angenehm. Dementsprechend war ich mehr als froh darüber, dass ich kurz darauf meine sieben Sachen packen und mich auf den Weg zu Alfonso machen konnte. Bei ihm durfte ich einfach ich sein. Ohne mir Gedanken machen zu müssen, was andere wohl über mich dachten. Alfonso interessierte es nicht, wer ich war. Für ihn war ich einfach Elinore, die Kunststudentin, der das passende Motiv fehlte.

Die Glocke an der Ladentür klingelte, als ich das Atelier betrat und einen vornehm gekleideten Herrn direkt neben Alfonso erblickte.

»Oh, Henry, schauen Sie, das ist die junge Dame, von der ich erzählte. Na komm schon her, Elinore. Das ist Sir Henry, ein Bote vom Hof. Er hat Interesse an einem deiner Werke gezeigt«, erklärte Alfonso, während ich dem rothaarigen Mann die Hand entgegen streckte.

»Hallo, sehr erfreut, Sie kennenzulernen«, entgegnete ich.

»Nun, junges Fräulein, zeichnen Sie nur Landschaften und Stillleben oder haben Sie auch Porträts in ihrem Repertoire?«, fragte er und ich sah ihn mit großen Augen an.

»Nicht wirklich. Ich habe auch nur einen Entwurf einer Frau, aber nichts, was sich verkaufen ließe«, erklärte ich, doch er lächelte mich an.

»Oh, darf ich den Entwurf bitte sehen? Wissen Sie, wir suchen jemanden, der einige Familienmitglieder etwas moderner ablichten könnte. Die Bilder in den langen Gewändern sind doch sehr veraltet und auch die Prinzessinnen sind inzwischen keine Kinder mehr, wenn Sie verstehen, was ich meine«, erklärte er und ich nickte, ehe ich die Zeichnung von Scarlett herauszog. Mit zittrigen Händen gab ich ihm das Bild in die Hand. Überrascht zog er die Luft ein.

»Oh meine Güte, diese Ähnlichkeit zu unserer Majestät ist ja verblüffend. Sind Sie ein großer Fan der royalen Familie?«, fragte er und ich sah auf das Bild, schüttelte den Kopf.

»Sie sieht Lady Charlotte sehr ähnlich. Ist das eine Freundin von Ihnen, Fräulein?«, fragte er interessiert, während ein verlegenes Lächeln meine Lippen zierte.

»Eine Bekannte trifft es eher«, antwortete ich und auch Alfonso warf einen Blick auf die Zeichnung. Er lächelte mich zufrieden an.

»Ich finde, Sie zeichnen äußerst wunderbar. Darf ich dieses Bild der königlichen Familie zeigen?«, fragte er und steckte es bereits im selben Moment ein.

Unsicher sah ich zu Alfonso, der hastig nickte.

»Sie dürfen«, antwortete ich, doch ich klang nicht einmal halb so überzeugt, wie ich klingen wollte. Sir Henry verabschiedete sich freundlichst und Alfonso zog mich in seine Arme.

»Meine Kleine, das wird dein erster großer Auftrag! Ich bin stolz auf dich«, entgegnete er, doch ich schüttelte den Kopf.

»Was ist denn?«, fragte er, doch ich wandte mich ab. Mir war nicht zum Feiern zu Mute. Er hatte das einzige Bild mitgenommen, dass ich von Scarlett hatte beenden können. Somit war alles von ihr aus meinem Leben verschwunden.

CHARLOTTE

»Eure Hoheit wird aussehen wie die Kaiserin von Österreich ihrer Zeiten«, verkündigte Mary, als ich mich in ein langes, pompöses Ballkleid zwängte. Angewidert blickte ich an mir herab.

»Niemals gehe ich in so einem Kleid aus dem Haus«, knurrte ich und Mary kicherte.

»Das hatte ich Eurer Majestät auch schon gesagt, aber man wollte mir ja nicht glauben. Darf es etwas Gediegeneres sein?«, fragte sie, als Antwort erhielt sie ein Nicken.

Kurz darauf kam sie mit einem maigrünen Kleid ums Eck, welches dem Sissi-Kleid in keisterweise nachstand. Es war scheußlich.

»Kann ich nicht einfach einen Jumpsuit und ein paar teure Kronjuwelen tragen? Müssen es denn immer Kleider sein?«, jammerte ich, doch Mary schüttelte den Kopf.

»Es ist ein Opernbesuch mit anschließendem Stehempfang«, erklärte sie und ich hustete.

»Wir gehen in ein Musical! Das Volk geht in Jeans und T-Shirt ins Theater. Wenn ich mit so was rumrenne, meinen alle, ich würde auch mitspielen!«, knurrte ich und verschwand durch die nächste Tür in meinem Zimmer. Was für seltsame Vorstellungen hatte nur mein Vater? Rose hatte sich etwas Modernes gewünscht und er hatte lange gezögert, bis er ihr die Karten dafür geschenkt hatte. Zumindest hatte er Prinz Philipp eingeladen, damit wir unsere Verbindung vertiefen konnten. Und dann wollte er, dass ich in solchen Kleidern umher marschierte? In welchem Zeitalter war mein Vater stecken geblieben?

»Charlotte? Bist du da?«, klopfte es an meiner Tür. Ich vernahm die Stimme meiner kleinen Schwester. Na toll. Im besten Fall war Rose nun auch noch wütend auf mich. Seufzend öffnete ich die Tür und da stand sie, in einem kurzen sommerlichen Cocktailkleid in rosé, dass ihre zierliche Figur wunderbar betonte.

»Mary meinte, ihr hättet Streitigkeiten wegen der Kleiderwahl?«, fragte sie besorgt und ich seufzte, während ich mich rücklings auf das Bett schmiss. Es war zum verzweifeln.

»Sie hat etwas altertümliche Einstellungen zu meinem Kleidungsstil«, antwortete ich und sie nickte. Definitiv teilte sie ihre Einstellung mit mir.

»Paps und sie wollten eben, dass du Prinz Philipp gefällst«, erklärte sie.

Verächtlich schnaubte ich. Vielleicht sollte ich doch so ein Outfit anziehen. Prinz Philipp würde sicherlich begeistert davon sein. Genauso begeistert wie, wenn man ihm einen lebendigen Fisch im Spinatmantel servieren würde.

»Was würdest du denn gerne anziehen?«, fragte mich Rose.

Ich schloss die Augen. Grundsätzlich war es egal, da ich ohnehin keine Lust auf die gesamte Abendveranstaltung hatte. Dennoch antwortete ich ihr.

»Den schwarzen Jumpsuit mit Mutters Juwelenkette. Es wäre schick, außerdem ist der dem Anlass durchaus angemessen.«
Bevor ich etwas sagen konnte, war sie verschwunden und kam kurz darauf mit

meinem Jumpsuit auf dem Arm sowie dem teuren Juwelenschmuck meiner Mutter zurück.

»Puh, Mary war schon genervt davon, dass ich mich wieder auf deine Seite geschlagen habe«, murmelte sie, als sie den Jumpsuit auf mein Bett legte und ich sie anstrahlte.

»Die Prinzessin anzukleiden ist meine Aufgabe. Ich mache das, seit Prinzessin Charlotte auf der Welt ist und das wird sich heute nicht ändern«, äffte sie Mary nach.

Ein herzliches Lachen brach aus mir heraus. Sie hatte ja irgendwie recht. Mary war da, seit ich denken konnte. Aber ab und an brauchte ich keine Zofe. Manchmal war alles, was ein Mädchen brauchte, ihre Schwester.

Ich schlüpfte in den Jumpsuit, ehe ich ihn mit dem Gürtel verschloss. Er schmiegte sich perfekt um meine Hüften und betonte da, wo er betonen musste. Sexy, elegant, nicht zu aufdringlich.

Rose griff nach meinen Haaren, dann begann sie geschickt diese hochzustecken, nur wenige Strähnen ließ sie in mein Gesicht fallen. Ich fragte mich, woher sie das konnte, aber Rose hatte ihre Geheimnisse. Ich respektierte sie, genau wie sie die meinen respektierte.

»Mit Mutters Ohrringen und den Juwelen siehst du trotzdem wie eine Königin aus. Paps hat immer so altertümliche Vorstellungen. Ich finde es klasse. Meinst du, Prinz Philipp gefällt mein Kleid?«, fragte sie und ich nickte.

Sie schenkte mir ein zärtliches Lächeln, ehe sie mir ihren Arm anbot.

»Na gut, lass uns mal Vater davon überzeugen, dass du auch ohne altmodische Abendkleider eine wahre Augenweide bist.«

Einen König jedoch davon überzeugen, dass ein Jumpsuit angemessener war als ein Abendkleid, war alles andere als einfach. Vater beäugte mich kritisch. Der Jumpsuit stand mir fantastisch, keine Frage, doch die Vorstellung einer heiratsfähigen Prinzessin stand meiner Freiheitsliebe definitiv im Wege. Mein Glück und zugleich Segen war es, dass Prinz Philipp sowie sein Vater, der König von Schweden, direkt neben ihm standen und somit die Chancen ganz gut standen, dass wir die Kleiderdiskussion vertagen konnten.

Prinz Philipp schein, wie erwartet, weder für meinen Jumpsuit, noch für mich Interesse zu hegen. Sein Blick ruhte auf Rose, die neben mir stand und bezaubernd aussah. Selbst ein Blinder hätte gesehen, dass die beiden zusammen gehörten. Sogar Tinder hätte die beiden als perfektes Match zusammengeführt.

Nun ja. Vater war scheinbar mehr als blind, denn er räusperte sich und sagte: »Finden Sie nicht, dass Charlotte heute *bezaubernd* aussieht?« Sein *bezaubernd* klang dabei so vorwurfsvoll, dass selbst Prinz Philipp es vernommen haben musste.

Dieser räusperte sich, ehe er charmant, dennoch gezwungen meine Hand küsste. Ich empfand es als furchtbar veraltete Geste, doch die Etikette verlangte es so.

»Sie verzeihen doch gewiss. Sie sehen wundervoll aus, mein Prinzessin«, schmeichelte er, doch seine Augen sprachen eine ganz andere Sprache. Jede Frau wäre vermutlich gekränkt gewesen, wenn das Kompliment nicht ernst gemeint war. Nun gut, ich war eher erleichtert. Er ließ von mir ab, um die Hand meiner Schwester zu küssen, während eine zarte Röte sich auf seinen Wangen ausbreitete.

»Ein Fahrer wird euch zum Theater bringen und wieder zurück. Wir erwarten freudige Nachrichten«, entgegnete Vater, dann zog er sich zusammen mit dem König zurück in den Herrensalon.

Philipp sah den beiden hinterher, zuckte mit den Schulter und trottete mir und Rose aus dem Saal hinterher ins Freie. Eine unbehagliche Stille entstand und er blieb stehen, ballte die Hände zu Fäusten, als wollte er auf irgendetwas einhauen.

»Ich kann das nicht, Eure Majestät«, sagte er, während sein Blick mich durchbohrte.

»Unsere Väter wünschen sich diese Verbindung so sehr, aber ich kann doch niemanden heiraten, den ich nicht liebe«, fuhr er fort und ich nickte.

Ich lehnte mich an die Wand, während ich erwiderte: »Ich habe nicht vor, dich zu heiraten.«

Seine Augen weiteten sich überrascht. Erleichtert stieß er die Luft aus.

»Gibt es etwa in ihrem Leben auch schon jemanden, Prinzessin?«, fragte er mich.

Ein seltsames Lachen überkam mich. Als ob in meinem Leben Platz dafür wäre.

»So kann man das nennen, ja. Ich interessiere mich nicht für Euresgleichen«, sagte ich und er schien einen Moment über meine Worte nachzudenken, bevor sich sein Blick geschockt weitete und er nach Luft schnappte.

»Euer Vater wird das nie gutheißen, Mylady!« Rose hielt seinen Arm fest, lehnte den Kopf sanft an seine Schulter.

»Oh, mein Prinz, er darf es nie erfahren. Ich wünschte, ich wäre es, die Anspruch auf den Thron hätte. So gerne würde ich den Mann heiraten, den ich liebe und meine Schwester von dieser Bürde entlasten«, entgegnete Rose und er lächelte sie verliebt an.

»Ich werde um Ihre Hand anhalten, Fräulein Rose«, gestand er meiner Schwester, die traurig die Hände vor den Mund schlug.

»Ich würde so gerne Ihre Frau werden, mein Prinz. Aber ich werde nie den Thron bekommen«, antwortete sie und ich sah die beiden traurig an. Wie immer war ich das Problem. Meine Schwester war die perfekte Königin und Mutter.

Ich war ... nur eine Domina.

»Lasst uns das Problem irgendwann anders klären, okay? Ich hab mich nicht dem Zorn meines Vaters ausgesetzt, um die Vorstellung zu verpassen«, unterbrach ich das Trauerspiel. Rose lächelte mich dankbar an.

»Stimmt, du kannst dich auf die Standpauke freuen. Er war alles andere als begeistert von deinem Jumpsuit«, erwiderte Rose. Der Prinz lächelte sie an, drückte ihre Hand ein letztes Mal, ehe er ihr die Tür aufhielt und sie in den Wagen einstieg.

»Danke«, hauchte er mir entgegen, dann stieg er zu Rose in den Wagen.

›Gern geschehen‹, dachte ich, stieg in den Wagen und schwieg.

Wider Erwarten verbrachte ich mit Rose und dem Prinzen einen angenehmen Abend in Cats. Ich fühlte mich das erste Mal seit Mutters Tod frei und glücklich.

»Wir könnten doch nach Hause laufen. Es ist eine sternenklare Nacht und schon so spät«, schlug ich vor, als wir ins Freie traten.

Der Gedanke war bescheuert, aber ich schätze, ich wollte einfach nicht, dass dieser schöne Abend endete.

»Gerade weil es so spät ist, sollten wir eigentlich das Auto nehmen«, überlegte Rose kichernd, »Ich bin dabei.«

Philipp warf uns einen kurzen irritierten Blick zu, während sich ein Grinsen auf sein Gesicht schlich und er uns beiden je einen Arm anbot.

»Nun gut, meine Damen, ich geleite sie sicher durch die Nacht.«

Lachend schlenderten wir durch das nächtliche London, nichtsahnend, welches königliche Donnerwetter uns am Frühstückstisch erwarten würde.

»Was denkt ihr euch dabei, nachts allein, ohne jeglichen Begleitschutz, durch London zu spazieren? Nicht einmal dem Fahrer konntet ihr Bescheid geben?«, polterte mein Vater los, kaum dass wir uns an der Frühstückstafel eingefunden hatten. Ich seufzte. Ich hatte es beinahe erwartet.

»Es ist doch nichts passiert und es war einfach herrliches Wetter«, entgegnete Rose mutig. Vater warf mir einen finsteren Blick zu.

»Und du hast nichts gesagt, Charlotte? Musset ihr auch noch Prinz Philipp da mit hineinziehen. Schämt ihr euch, denn gar nicht?«, knurrte er und ich zuckte mit den Schultern.

»Es war meine Idee, was hätte ich auch dagegen sagen sollen?«, erwiderte ich lässig.

»Charlotte! Du wirst bald Königin sein! Sich so vor deinem zukünftigen Mann aufzuführen, du solltest doch ... «, plante er, doch ich hatte genug.

»Ich werde Philipp nicht heiraten, er liebt mich nicht, sondern ...«, doch weiter kam ich nicht, denn Sir Henry, unser Bote betrat den Raum.

Sir Henry gehörte zum Hof seitdem ich denken konnte. Er war der Einzige der immer stören durfte und das erste Mal war ich erleichtert ihn zu sehen. Sir Henry kam immer dann, wenn man ihn nicht gebrauchen konnte.

»Eure Majestät, meine Damen«, begrüßte er uns und verneigte sich. Vater erhob sich und umarmte ihn wie einen alten Freund. Vermutlich brachte er gute Neuigkeiten. Ansonsten war Vater kein Freund von Berührungen.

»Hast du jemanden gefunden, der unsere Prinzessin zeichnen wird? Es wäre ein schönes Brautgeschenk.« Ich schluckte. Brautgeschenk? Moment mal, hatte ich mich gerade verhört?

»Eine junge Künstlerin. Sie lernt bei Alfonso«, erwiderte er, reichte Vater ein zerknittertes Stück Papier, welches er mit angewiderten Gesichtsausdruck an sich nahm.

»Das ist ja nicht einmal ein vernünftiger Entwurf«, knurrte Vater und augenrollend entwendete ich ihm die Zeichnung.

Das was ich sah überraschte mich. Die Künstlerin hatte ein Porträt von mir gezeichnet. Sinnlich und verträumt.

»Es ist wunderschön«, hauchte ich, während ich über die gezeichneten Lippen strich.

»Ein wenig obszön, aber ich denke, man kann daran arbeiten. Werden Sie die Dame kontaktieren?«, entgegnete Vater und wandte sich zurück an Sir Henry.

»Sehr wohl, Eure Majestät.« Sir Henry verneigte sich, ehe er den Raum verließ, doch mein Blick ruhte weiterhin auf dieser Zeichnung. Wer war die Künstlerin?

ELINORE

Wer war sie? Wer hatte mir meinen Verstand geraubt, ohne mir seinen richtigen Namen zu nennen? Wer war Scarlett?

Egal, wie sehr ich es auch versuchte, sie ging mir nicht aus dem Kopf. Auch die Arbeit bei Alfonso bereitete mir keine Freude mehr.

Mein Kopf steckte in Wolken, und weit und breit war keine Klärung zu sehen.

Als ich jedoch sein Atelier betrat, kam Alfonso mir bereits strahlend in bester Laune entgegen.

»Elinore! Du musst dich beeilen. Wir fahren gleich in den Palast. Die Prinzessin war ganz begeistert von deiner Zeichnung und wünscht gleich mehrere Porträts. Dein Honorar wird traumhaft sein«, schwärmte Alfonso.

Ich schluckte unweigerlich. Hatte er gerade den Palast erwähnt? Aber ich war weder angemessen angezogen, noch dazu bereit, die Prinzessin zu malen. Aber mir blieb keine andere Wahl.

»Was stehst du denn noch da wie bestellt und nicht abgeholt? Das ist kein Grund, eine Trauervisage zu ziehen. Na los, pronto. Pack deine Sachen, den König lässt man nicht warten.«

Mit diesen Worten schubste er mich in den Wagen. Ich seufzte.

Alfonso war schlimmer als jeder Sklaventreiber, mit dem Unterschied, dass er nur das Beste für mich wollte.

Die Londoner Innenstadt zog an mir vorbei und Alfonso fuhr direkt ans Tor, wo uns bereits eine Wache begrüßte. Seit meinem ersten Abend im *Red Devil* hatte ich mich nicht mehr so falsch gekleidet gefühlt, wie heute.

»Zufahrtsberechtigung?«, fragte der Sicherheitsbeauftragte und ich schluckte. Vielleicht ließ man uns ja gar nicht hinein, weil alles nur ein Missverständnis war.

»Alfonso in Begleitung von Fräulein Elinore. Sie ist hier, um die Prinzessin zu zeichnen.«

Er musterte uns, ehe seine Antwort folgte:

»Ich verstehe. Bitte passieren.«

Ich seufzte. Pech gehabt.

Man führte uns in einen riesigen Saal, dessen Bezeichnung ›kleiner Saal‹ alles andere als passend gewählt war.

»Ich war schon lange nicht mehr hier. Damals lebte Lady Stacy noch«, erklärte Alfonso, doch mein Reaktion blieb ein bedächtiges Nicken, unfähig etwas zu sagen. Es war alles viel zu groß, zu teuer.

»Meine Dame, Alfonso. Nehmen Sie doch bitte Platz, der König wird Sie zugleich empfangen.«

Vorsichtig ließ ich mich auf einem mit roten Samt überzogenen Hocker nieder.

»Du musst dich nicht unter Druck setzen. Du bist talentiert. Steh zu deinem Können«, flüsterte Alfonso. Wenn ich es ihm doch nur glauben konnte.

»Der König wird sie nun empfangen, wenn Sie mir folgen würden.«

Gemeinsam betraten wir den nächsten Saal.

»Eure königliche Majestät, König Konstantin, sowie Prinzessin Charlotte und Prinzessin Rose.« Ich verneigte mich und atmete tief ein.

»Erhebt euch«, sprach der König und ... unsere Blicke trafen sich. Eine Sekunde zog ins Land, die nächste folgte.

Ich unterdrückte eine überraschten Aufschrei. Diese Augen. Ihre Haare. Scarlett. Aber ... wie?
Auch in ihrem Blick spiegelte sich Entsetzen wieder.

»Meine Tochter war von Ihren Zeichnungen begeister. Gern möchten wir mehrere Bilder in Aufrag geben. Sie können gern sofort loslegen. Wir stellen Ihnen alles bereit, wenn Sie es wünschen«, sprach der König, während er seine Hand auf Scarletts Rücken legte, was sie aus ihrer Starre aufschrecken ließ.

»Vielen Dank, Vater, ich würde es vorziehen, die Werke in meinen Gemächern anfertigen zu lassen. Ich denke, dies wäre Ihnen auch recht, Fräulein Elinore?«

Ich nickte zustimmend, doch die Prinzessin stand auf, drehte sich um und schritt davon.

Als sie bemerkte, dass ich ihr nicht folgte, blieb sie stehen.

»Kommen Sie?«

»Ja, Eure Hoheit«, rutschte es mir von den Lippen, was ein Lächeln auf Scarletts Lippen zauberte.

In ihren Räumen stoppte sie im Wohnzimmer und blickte mich abwartend an.

»Es tut mir leid, Eure Hoheit, ich ...«, versuchte ich mich zu rechtfertigen, doch sie kam nur näher und legte ihre Hände unter mein Kinn.

»Wofür entschuldigst du dich, mein Vögelchen? Du kennst meine Identität, du hast alle Macht der Welt, mich und das gesamte Königshaus ins Verderben zu stoßen. Sag mir, wie willst du es anstellen?«

Irritiert blickte ich sie an. Sie stand vor mir, anmutig wie eine Königin, doch ihr Blick war zu verletzlich.

»Ich will Ihnen nicht schaden, Eure Hoheit, ich will Ihnen dienen«, entgegnete ich. Prinzessin Charlotte wandte sich ab.

»Warum musstest du es sein? Warum, Elinore?«, fragte sie und ich hörte, dass sie weinte.

»Eure Hoheit, ich ... ich weiß es nicht. Ich wusste nicht, dass Ihr es seid.« Sie schniefte.

Zögerlich drehte sie sich wieder zu mir herum. Ihre Augen waren gerötet.

»Du darfst es niemanden sagen«, sagte sie und ich verbeugte mich.

»Ich schwöre es bei meinem Leben.« Sie lächelte mich an, hauchte mir einen Kuss auf die Stirn.

»Braves Mädchen. Und jetzt zeichne mich, damit Vater zufrieden ist und es Prinz Philipp schenken kann«, entgegnete sie.

Mit schiefgelegtem Kopf sah ich sie an.

»Stimmt es, was die Leute sagen, Eure Hoheit?«, fragte ich vorsichtig, was sie dazu veranlasste mich irritiert anzublicken.

»Von was redet das Volk?«, fragte sie beiläufig, während sie ihre Haare ein letztes Mal ausschüttelte und seufzte.

»Lass mich raten, alle Welt sinniert darüber, dass ich Prinz Philipp heirate?« Ich nickte.

»Und was glaubst du?« fragte sie mich und ich zuckte mit den Schultern. Ich wusste nicht wirklich, was ich dazu sagen sollte. Sie war eine Prinzessin. Sie würde einmal Königin werden.

»Er wäre eine gute Partie. Jung, reich, ein Königshaus im Rücken«, versuchte ich zu erklären, aber als Antwort erhielt ich nur ein Seufzen.

»Ich will nicht von einem Käfig in den nächsten«, erklärte die Prinzessin und ließ sich auf dem Hocker nieder.

»Nun, wie soll ich mich für dich positionieren?«, fragte sie neugierig und ich lächelte sie an, versank ganz in meinem Element.

»Die Hand bitte hierhin, den Kopf etwas mehr nach links. Genau so, und jetzt bitte ganz ruhig halten«, wies ich sie an und sie lächelte, als würde es ihr beinahe noch Freude bereiten, mir bei meiner Arbeit zuzuschauen.

»Du machst dich gut. Mir haben deine Bilder sehr gut gefallen. Vor allem wirkst du nicht mehr so verspannt«, quasselte sie, von der anfänglichen Betrübtheit war nichts mehr zu spüren. Ich warf ihr einen strengen Blick zu.

»Ruhig bleiben, Eure Majestät. Ich muss erst die Konturen bekommen. Alles andere hat Zeit.«

»Nun ja, jetzt wo du weißt, was ich nebenher so treibe, können wir uns ja auch endlich besser kennenlernen, findest du nicht?«, fragte Scarlett und ich sah sie mit schiefgelegtem Kopf an. War das gerade ihr Ernst?

»Nun, Eure Hoheit, ich denke, wir kennen uns doch schon in- und auswendig«, antwortete ich grinsend und ihre Augen strahlten mich an.

»Wie man es nimmt. Ich dachte eher so an eine freundschaftliche Unterhaltung und eventuell könntest du mir bei etwas behilflich sein.« Neugierig sah ich sie an.

»Ich möchte Akt-Porträts von mir. Wie wäre es, wenn du sie für mich zeichnest und ich dich mit Sessions entlohnte? Es wäre doch eine Win-Win-Situation«, erklärte sie und ich sah sie ungläubig an.

War das gerade ernstgemeint? Ich konnte doch nicht eine Prinzessin nackt porträtieren!

»Eure Hoheit, das ... ich kann das nicht annehmen.«

»Nicht? Das wäre schade. Ich verbringe gern Zeit als Modell vor deiner Staffelei«, schäkerte die Prinzessin. Ich schluckte.

Flirtete sie gerade mit mir?

»Nun, Eure Hoheit, ich ... verdammt«, seufzte ich und biss mir auf die Zunge. Sofort war sie aufgesprungen und sah mich an.

»Was ist los, Elinore?«, fragte sie behutsam. Wiederrum seufzte ich.

»Wie soll ich diese Grätsche zwischen meiner Herrin und der Prinzessin schaffen? Ihr seid die Hoffnung Englands. Die nächste Thronfolgerin. Und doch seid ihr ...«

Ich gab meinen Gedanken die Möglichkeit des freien Laufs, doch sie lächelte nur und strich über meine Wange.

»Aber dennoch bin ich immer noch ich. Scarlett ist nicht nur eine Kunstfigur, sie ist das Ich, dass ich gern sein würde. Entfernt von der Hofetikette. Die Frau, die Gehorsam fordert, Potential erkennt. Ich sehe auch in dir großes Potenzial. Du musst es nur annehmen. Ich habe das Geld. Ich brauche es nicht.«

Einen Augenblick lang betrachtete ich sie, überlegte, wie ich es ausschlagen konnte, dennoch nickte ich, wissend das es vielleicht ein Fehler war. Ein großer Fehler.

»Okay. Ihr bekommt Eure Bilder und ich ...« Sie grinste. »Sex.«

Lächelnd wiederholte ich: »Sex.«

CHARLOTTE

Den groben Part des Bildes hatte Elinore bereits geschafft. Sie war ein Sicherheitsrisiko, dessen war ich mir bewusst. Aber sie war ein Sicherheitsrisiko, welches ich bereit war einzugehen. Alfonso hatte den Palast bereits verlassen und ein Fahrer würde sie zurück zu ihrer Wohnung bringen.

»Wann sehen wir uns wieder?«, fragte ich sie, als sie ihre Sachen packte und gehen wollte.

»Wann es Euch beliebt, Eure Hoheit«, antwortete sie. Grinsend sah ich sie an.

»Morgen?«, fragte ich und sie nickte zögerlich.

»Zieh dir was Schönes an. Ich will dich in die neusten Techniken einführen«, erklärte ich und ich sah, wie sie schluckte. Sie war so unerfahren und genau das turnte mich an.

Elinore war faszinierend. Vermutlich war sie die erste Frau, deren Geschichte mich interessierte. Als sie davon fuhr, stand ich am Fenster und sah ihr noch lange nach.
Solange bis Rose hinter mir stand und mich aus meinen Gedanken riss.

»Ihr kennt euch?«, fragte sie vorsichtig und ich sah sie überrascht an. Sie war gut. Zu gut.

»Sie ... ähm ... ja.«
»Dein Grinsen hat dich verraten.«
Ich zuckte mit den Schultern.

»Ist das nicht gefährlich?«, fragte sie nach einigen Minuten des Schweigens.

»Na ja, ist es das nicht sowieso? Ich nehme das Risiko, so wie es kommt. No Risk - no Fun«, entgegnete ich, doch Rose seufzte nur.

»Irgendwann kann es dich Kopf und Krone kosten, sei vorsichtig, Charly«, hauchte sie, während sie mich in ihre Arme schloss. Es war das erste Mal, dass sie mich mit meinem Spitznamen ansprach. Charly.

»Wenn es mich die Krone kostet, kannst du das Land regieren. Das Land braucht eine Königin, die zur Königin geboren wurde. Keine

Domina«, entgegnete ich, löste mich von ihr und drehte mich um.

Rose sah mir nach, die Lippen bereits zur Antwort geöffnet flüsterte sie: »Aber ist herrschen und beherrschen nicht beinahe dasselbe?«

Ich schüttelte den Kopf, während ich in meine Gemächer wanderte.

Nein, es war nicht dasselbe, würde nie dasselbe sein. Vielleicht war ich eine gute Domina, aber ich war nicht zur Königin geboren. Herrschen lag mir nicht. Ich blickte auf die Staffelei mit dem Bild.

Elinore war eine Meisterin in ihrem Fach. Ich war überzeugt, dass es genau Vaters Geschmack treffen würde.

Ich warf mich auf die Couch, schloss die Augen.

»Und was macht die Zeichnung?«, fragte Vater bereits beim Abendessen. Es zauberte mir ein Lächeln auf die Lippen, zu wissen, dass er sich dafür interessierte.

»Die Grundrisse hat sie schon. Es wird dir gefallen, Vater«, entgegnete ich und Rose sah ihn vorsichtig an.

»Vater, hat Prinz Philipp schon mit dir gesprochen?«, fragte Rose hoffnungsvoll, doch Vater schüttelte den Kopf.

»Nein, leider hat er sich noch nicht dazu geäußert, wann er deine Schwester zur Frau nehmen möchte«, antwortete er und ich sah, wie sich Roses Gesicht sofort verdunkelte.

»Vater, ich ...«, warf ich ein, doch Rose schüttelte den Kopf. Vater beachtete mich nicht, redete stattdessen unbeschwert weiter.

»Jedenfalls werde ich ihn noch einmal darauf ansprechen, wenn das Bild fertig ist. Schließlich kann er dein Abbild gleich mitnehmen, dich ansehen, wenn die Entfernung zu groß wird«, entgegnete er und ich rollte mit den Augen.

Als ob sich Philipp für mich interessieren würde. Er liebte mich nicht und das war gut so.

»Denkst du, Elinore würde mich auch zeichnen, wenn ich sie darum bitte?«, fragte Rose und ich zuckte mit den Schultern, ehe ich zur Antwort ansetzte: »Ich schätze ja, sie scheint da unproblematisch zu sein.«

Vater lächelte, schwieg jedoch.

Irgendwie war heute einer der Abende, in denen ich das *Red Devil* und meine Kundschaft vermisste. Den ganzen Tag im Palast eingeengt zu sein, immer die gleichen Menschen um sich herum zu haben und die ewigen Sticheleien meines Vaters. Ich wollte fliehen und davon fliegen. Doch meine Flügel waren gestutzt.

Elinore war frei. Sie konnte kommen und gehen, wie sie wollte.

Es war gegen Mittag, als der Pförtner ihren Besuch ankündigte. Sofort war ich in das blaue Kleid gesprungen, hatte die Haare gerichtet und das Diadem aufgesetzt.

Beinahe wie ein Kind vor dem Kindergeburtstag sprang ich auf und ab, bis sie vor der Tür stand. Sie lächelte ihr bezauberndes Lächeln. Anmutig verneigte sie sich und ich küsste ihre Hand.

Wir waren allein, es verstieß gegen die Etikette, einer Dame die Hand zu küssen, die untergeben war, doch ... es war Elinore. Niemals würde ich sie anders behandeln, wie sie es verdiente. Sie begegnete mir auf Augenhöhe. Daher wollte ich ihr ebenfalls auf Augenhöhe entgegentreten.

»Folgst du mir?«, fragte ich sie und sie nickte, ehe wir uns umdrehten und direkt Roses Weg kreuzten. Ich seufzte.

»Oh, Fräulein Elinore«, begrüßte sie meine Künstlerin und ich warf ihr einen finsteren

Blick zu, von dem ich hoffte, dass sie bemerkte, dass sie störte. Leider tat sie das nicht.

»Rose? Wir haben es eilig«, murmelte ich, doch sie lächelte nur.

»Würden Sie mich eventuell auch einmal zeichnen, Fräulein Elinore? Ich würde es gern einem ... Freund schenken«, entgegnete sie und ich lächelte. Es tat mir so weh.

»Gerne, ich melde mich, wenn ich das Gemälde von Prinzessin Charlotte fertig habe. Es wäre mir eine Ehre, Prinzessin Rose«, erwiderte sie und Rose lächelte, knickste, ehe sie in ihrem Flügel verschwand.

Elinore lächelte, sah ihr nach, bis sie mir in meine Räumlichkeiten folgte.

»Ihr seht toll aus, Eure Majestät«, sagte sie und ich wusste, dass sie es ernst meinte.

»Danke. Ich möchte ja, dass das Bild möglichst detailgetreu ist«, antwortete ich. Sie lächelte.

»Ihre Schwester ist verliebt, nicht wahr, Eure Hoheit?«, fragte sie und ich seufzte.

»Unglücklich.«

Lag vermutlich in der Familie, fügte ich gedanklich hinzu.

Elinore sah zu Boden, dann entgegnete sie: »Ein schreckliches Gefühl.«

»Seine Sexualität nicht ausüben zu dürfen, ist mindestens genauso unerträglich«, entgegnete ich. Elinore sah mir in die Augen, nickte.

»Vermutlich tut Ihr mir sogar noch mehr leid als sie, Eure Hoheit«, erwiderte sie und ich sah sie verdutzt an.

»Oh, entschuldigen Sie, ich dachte nur, dass Sie an Frauen interessiert sind?«, erklärte Elinore und ich stieß ein amüsiertes Lachen aus. Die konnte so niedlich sein.

»Nun, ich bin zumindest nicht an Männern interessiert«, erwiderte ich. Nun lag es an Elinore zu lächeln. Es war eine stumme Bestätigung unter uns beiden. Wir spielten im selben Team.

»Also bringen wir heute das Bild ein Stück voran, bevor wir uns vergnügen?«, fragte ich sie, während eine angenehme Röte sich über ihre Wangen zog.

»Wie ihr wünscht, Eure Hoheit«, hauchte Elinore mir zu, deutete mir an, mich zu setzen, ehe sie geduldig begann, an ihrer Zeichnung weiterzuarbeiten.

Also saß ich da und ließ mich zeichnen, solange bis es mir zu langweilig wurde und ich beschloss, den Mittag für sinnvollere Dinge zu nutzen. Sie sah mich irritiert an, als ich mich erhob und hinter sie trat und zärtliche Küsse über ihren Hals jagte.

»Ich finde, das reicht für heute. Sonst hab ich ja vorerst gar keine Gründe mehr, dich einzuladen«, hauchte ich an ihren Hals. Ein von mir beinahe erwartetes Keuchen huschte über ihre Lippen.

»Nun, ich ... ähm ... «, stotterte Elinore und ich lächelte sie an.

»Du wolltest doch gewiss schon immer mal eine Prinzessin aus ihrem Kleid schälen, nicht wahr? «, fragte ich verführerisch und sie nickte, während sie vorsichtig mit ihren zierlichen Fingern meine Schnürrung suchte. Gänzlich unerfahren zog sie an den Fäden und langsam glitt das blaue Ballkleid von meinen Schultern, entblößte meinen Körper.

Elinore warf einen vorsichtigen Blick auf meine Statur, ließ von mir ab und ich trat über das Kleiderbündel hinweg. Nackt stand ich vor ihr und spürte ihren Blick wie eine zweite Haut auf mir. Es fühlte sich gut an.

»Gefällt dir, was du siehst?«, fragte ich sie grinsend. Ihr Blick traf auf meinen, einen Antwort musste sie mir nicht geben.

»Ich will Ihnen dienen, Eure Hoheit. Ich will alles tun, was Sie auf Ihrer Homepage wünschen. Ich bin eine gute Untertanin«, entgegnete Elinore und ich trat vor sie, wie Gott mich geschaffen hatte, nahm ihre Hand, legte sie auf meine Brust, auf mein Herz.

Sie erzitterte. Dann berührte ich sie sanft unter dem Kinn, hob es an.

»Du bist eine tolle Sklavin. Also sei brav und bleib genau so stehen«, hauchte ich. Ich zog ihr sanft den Schal vom Hals und küsste diesen direkt unter dem Ohr. Sie sog erschrocken die Luft ein, als ich ihr Ohrläppchen mit meinen Zähnen berührte.

»Ja, Eure Hoheit«, keuchte sie und ich legte meine Hände auf ihre Schultern, begann sie sanft zu massieren, dann ließ ich sie in ihr T-Shirt gleiten, liebkoste ihre etwas hervorstehenden Schlüsselbeine. Sanft küsste ich ihren Hals, nahm mir ihren Schal und legte ihn über ihre Augen.

»Vertraust du mir?«, fragte ich sie und sie nickte, ehe sie es mir mit einem »Ja, Eure Hoheit« bestätigte.

Den Schal fest verknotet beraubte ich sie ihrer Sinne. Meine Hand glitt unter ihr T-Shirt, strich auf ihrer Haut unterhalb ihres BHs entlang.

Sie drückte sich mir entgegen, und ich ließ meine Finger unter ihren BH gleiten. Sie rang nach Atem, als ich ihre Knospen berührte und die rechte Hand in ihre Jeans wandern ließ. Sanft strich ich über den edlen Stoff ihres Höschens. Schweratmend drückte sie sich näher an mich.

Vorsichtig zog ich ihr das T-Shirt über den Kopf, ließ meine Hand zurück in ihren BH gleiten. Erwartungsvoll stand sie vor mir, sie wartete darauf, dass ich sie wieder berührte.

Langsam ließ ich meine Hand unter den Stoff gleiten und massierte ihre Brüste. Durch den BH wurden sie wunderbar prall nach oben gedrückt. Ich liebkoste ihren Hals mit meinen Lippen, strich von unterhalb des Ohrläppchens eine feuchte Spur am Hals entlang zu ihren Schlüsselbeinen, biss scherzhaft hinein.

Meine Lippen wanderten tiefer zu ihren Brüsten, öffneten den BH, um ihre vollen Brüste umfassen zu können. Mit meiner Zunge umspielte ich ihre Knospen und eine wohlige Gänsehaut breitete sich auf ihrer Haut aus.

Sie keuchte und ich spürte, wie die Erregung in ihr wuchs. Meine rechte Hand ließ ich an ihrem Körper tiefer wandern, umspielte den Bund ihrer Jeans, ehe ich sie sanft weiter in Richtung Bett drückte.

Sie japste nach Luft, als sie mein Bein zwischen den ihren fand und ich grinste, ehe ich mein Gewicht etwas verlagerte, sodass meine nackte Brust direkt auf ihr lag.

Ich schob sie höher auf das Bett, krabbelte über sie und drückte sie tiefer in die Matratze.

»Eure Hoheit?«, fragte sie unsicher und ich berührte sanft mit dem Finger ihre Lippen.

»Vertrau mir. Ich werde dich gleich an das Bett fesseln, um dich dann zu nehmen. Du wirst mich fragen, ob du kommen darfst«, antworte ich und sie nickte gehorsam, hauchte mir ein »Ja, Eure Hoheit« entgegen.

Langsam krabbelte ich über sie hinweg und öffnete meine Schublade. Eine kleine Sammlung beherbergte ich in meinem Zimmer, jedoch kein Vergleich zu dem, was im *Red Devil* auf sie wartete, aber immerhin ein Anfang.

Vorsichtig zog ich einen schwarzen Vibrator sowie die Ledermanschetten heraus.

Zärtlich umfasste ich ihre Arme, zog eine Ledermanschette über ihr Handgelenk, zerrte die Manschette fest, ehe ich den Vorgang auf der linken Seite routiniert wiederholte. Die Stahlkette baumelte nun über ihrem Kopf und sie war unfähig, ihre Hände zu bewegen.

Grinsend küsste ich mich an ihrem Körper herab, zog ihr die Jeans und den Slip von den Beinen und küsste mich an ihren

Oberschenkeln hinauf bis zu ihrem Unterleib, den ich sanft küsste. Sie stöhnte erstmals erregt auf, und ich ließ meine Zunge über ihren Kitzler wandern. Sie keuchte erregt und zerrte an den Manschetten, wand sich sanft, als wollte sie der Bewegung entkommen.

»Eure Hoheit, ich ... fickt mich«, stöhnte sie und ich küsste ihren Unterleib, ehe ich von ihr abließ und nach dem Vibrator griff.

»Wer gibt hier die Befehle?«, fragte ich sie und blieb vor ihr sitzen.

»Ihr, Eure Hoheit. Verzeiht mir«, japste sie, während ich den Vibrator in sie einführte und gleich auf die zweithöchste Stufe beschleunigte.

»Oh Gott, bitte ... mehr!«
Ihr Stöhnen war Musik in meinen Ohren, spornte mich an, denn ich bewegte das Spielzeug stoßweise nach vorn und hinten. Sie stöhnte, rüttelte an ihren Fesseln, doch sie konnte sich mir nicht entwinden. Ihr Körper bebte vor Erregung und ich beschleunigte ein letzte Mal, während ich sie weiter in Richtung Höhepunkt trieb. Sie stöhnte und ich spürte, wie nahe sie dem Orgasmus war.

»Willst du kommen?«, fragte ich sie.
»Darf ich kommen, Eure Hoheit?« , fragte sie erregt und ich beschleunigte.

»Erst wenn ich es sage«, entgegnete ich, während ihr Stöhnen lauter und erregter wurde.

»Ich ... ich kann nicht mehr«, bettelte sie, während ich den Vibrator aus ihr herauszog.

Sie schnappte nach Luft, während ich erneut in sie stieß und ihn wieder herauszog.

Ich spürte, wie ihr Orgasmus sich zurückbildete, ließ meine Bewegungen erneut stufenweise anschwellen, um sie erneut solange zu ficken, bis sie direkt vor ihrem Orgasmus stand. Sie keuchte und ich biss mir auf die Lippe.

»Komm für mich«, forderte ich, ehe ich sie mit einem »Danke, Eure Hoheit« über die Klippe springen ließ.

ELINORE

Atemlos lag ich auf dem Bett, als ich ihre Lippen auf meiner bebenden Lustperle spürte, wie sie sanft darüber strich und ich nahm war, wie die Erregung noch immer in mir brodelte.

»Du scheinst ja immer noch heiß zu sein«, hauchte sie, ehe ich ihre Zunge an mir spürte, die über mich leckte.

Sofort huschte ein verräterisches Stöhnen über meine Lippen und ich zerrte an meinen Fesseln. Zu gern hätte ich sie näher an mich gedrückt, meine Hände in ihren Haaren vergraben, mich ihr hingegeben. Doch Scarlett nahm mich so, wie sie es sich vorgestellt hatte. Sie bestimmte die Regeln.

Ich war bereit ihr Spiel zu spielen.

Quälend langsam zog sie den Vibrator aus mir heraus, den sie noch immer, wenn auch ausgeschaltet in mir ruhen ließ.

Sofort wurde mir die Leere in mir bewusst und ich stöhnte beinahe sehnsüchtig auf, als sie einen Finger in mich schob. Natürlich war er kein Ersatz für die Dicke des Vibrators, die mich zuvor ausgefüllt hatte. Das angenehme Völlegefühl war verschwunden, doch ihre Zunge machte dies wett. Ich gab mich dem Gefühl hin, den Bewegungen in mir und ihrer Zunge, die mich leckte, an mir saugte.

Sie schob einen zweiten Finger in mich und ich keuchte erregt auf. Geil und laut stöhnend gab ich mich ihren Bewegungen hin, bis mich ein zweites Mal das Gefühl des Höhepunktes überkam.

»Bist du jetzt fertig?«, fragte sie mich, nach dem ich einige Male überwältigt nach Luft geschnappt hatte und ich spürte, wie mir die Röte in die Wangen schoss. Sofern diese nach dieser Session überhaupt noch einen Weg hatte, denn ich glaubte, vor Hitze zu zergehen.

»Entschuldigen Sie, Eure Hoheit«, entgegnete ich und sie hauchte einen zärtliche Kuss auf meine Lippen, während sie mir den Schal von den Augen zog.

Direkt starrte ich in ihre blauen Augen und lächelte sie befriedigt und glücklich an. Ich spürte, wie sie sich über mich beugte und lächelte.

»Ich liebe es, wenn man sich mir vollkommen hingibt, du könntest dich aber nützlich machen. Sonst lasse ich dich das nächste Mal heiß und unbefriedigt wieder gehen«, entgegnete sie. Ich warf ihr einen erschrockenen Blick zu.

War das etwa ihr Ernst?

»Haben Sie Wünsche, Eure Hoheit?«, fragte ich, drehte uns so um, dass sie unter mir lag.

»Leck mich und tu genau das, was ich dir sage«, antwortete sie streng. Ich nickte, während ich mich an ihr herab küsste und sanft ihren Unterleib berührte.

»Verzichte auf den Kleinkram. Nimm mich«, knurrte sie, als ich ihren Kitzler küsste und gerade das Vorspiel einleiten wollte. Doch scheinbar waren ihre Pläne andere als meine.

Meine Zungenspitze berührten ihren Kitzler. Erregt keuchte sie auf, als ich zärtlich darüber leckte und sie langsam aber sicher damit aufstachelte. Sie schmeckte salzig. Nicht unangenehm wie eine versalzene Pasta. Sie erinnerte mich eher an pure, salzige Erdnussbutter. Und ich liebte Erdnussbutter.

»Fuck, du bist gut für eine Anfängerin«, stöhnte sie und ich verkniff mir, meine Aufgabe für ein Grinsen zu unterbrechen.

»Nimm mich«, forderte sie, während ich vorsichtig einen Finger in sie gleiten ließ, ihn vor und zurück bewegte, leicht drehte um sie damit anzuheizen.

»Mehr«, japste sie und ich schluckte erregt. Sie war wunderschön, wenn sie sich mir hingab. Ich verstand was sie dabei wohl empfang, wenn sie mich fickte.

Wie gefordert ließ ich einen zweiten Finger in sie gleiten, bewegte mich schneller, um das erste erregte Stöhnen von ihr zu ernten.

»Fester«, stöhnte sie und ich bewegte mich, während sie nach meinen Haaren griff, mich damit näher an sich zog. Meine Zunge fand ihren Weg zurück zu ihrem Kitzler. Ich leckte sie, während ich sie weiterhin fickte. Sie keuchte, stöhnte, rang nach Atem. Krallte sich in meine Haare und unterdrückte ein schmerzhaftes Stöhnen. Vorsichtig nahm ich einen dritten Finger dazu, nahm sie so, wie sie wollte. Sie stöhnte, nahm ihre freie Hand, rieb sich in meinem Rhythmus an ihrer Lustperle. Sie warf den Kopf zurück, während sie mit einem lauten Stöhnen kam.

Fasziniert sah ich ihr zu, wie sich ihrem Höhepunkt hingab. Wie eine Königin. Erregt und schweratmend blieb sie liegen und vorsichtig zog ich mich aus ihr heraus, rutschte näher zu ihr hinauf.

»Gar nicht so übel für eine Anfängerin. Ich bin stolz auf dich«, sagte sie schweratmend, ehe sie sich auf richtete. Sie war stolz auf mich. Irgendwie stimmte es mich glücklich.

»Wenn ich jetzt gehe, wann sehen wir uns wieder, Eure Hoheit?«, fragte ich und sie sah mich an, während sie sich aufrichtete.

»Morgen muss ich auf einen Empfang, Vater will den letzten Versuch starten, mich mit Prinz Philipp zu verloben«, antwortete sie.
Ich spürte, wie es schwer um mein Herz wurde.

»Werdet Ihr ihn heiraten?«, fragte ich, doch als Antwort zog sie nur eine Augenbraue nach oben.

»Entschuldigt, ich hätte nicht fragen ...«, wollte ich mich bereits rechtfertigen, doch sofort unterbrach sie mich.

»Entschuldige dich nicht. Nein, ich werde ihn nicht heiraten. Im Idealfall heiratet er irgendwann Rose, aber ... ich muss Vater erst einmal von seinem Plan abbringen. Schließlich wird Rose nicht den Thron bekommen und ich will ihn nicht. Es war nie mein Ziel, den Thron zu besteigen.«

Vorsichtig zog ich sie in meinen Arm. Ich wusste nicht, woher der plötzliche Drang kam, aber es schmerzte sie so zu sehen.

»Ihr wärt eine großartige Königin, Eure Hoheit«, sagte ich, aber sie schüttelte den Kopf.

»Ich bin lesbisch, pervers und hasse es, mich mit Heuchlern zu umgeben. Ich wäre eine brillante Königin«, knurrte sie. Ich vernahm den Sarkasmus in ihrer Stimme deutlich.

»Gerade deshalb wärt ihr die beste Königin, die England verdient.« Sie zog sich aus der Umarmung zurück, zuckte mit den Schultern.

»Man kann sich nicht aussuchen, in welches Leben man geboren wird. Man kann nur versuchen, das Beste daraus zu machen«, sagte sie, griff nach ihrem Bademantel und band ihn sich um.

»Du sollst dich anziehen. Vater wird bald skeptisch sein, wenn du solange da bist und wir nicht vorankommen.« Ich nickte.

Nun gut, sie warf mich raus, aber ich wusste, dass ich sie bald wiedersehen würde.

Kaum hatte ich den Palast verlassen, schlug ich bei Alfonso auf, der bereits darauf wartete, dass ich ihm Bericht erstattete, wie es mit der Prinzessin, er meinte natürlich das Gemälde damit, lief.

»Wie kommst du voran?«, fragte er und ich zuckte mit den Schultern.

»Ich denke, ganz gut«, antwortete ich. Alfonso sah mich besorgt an.

»Was ist denn, Elinore? Freust du dich nicht über diesen Auftrag? Warum denn nicht? Jeder würde sich über diesen Auftrag freuen.« Erneut zuckte ich mit den Schultern. Ich war Scarlett näher. Viel näher, als ich es erhofft hatte und dennoch - es hatte mein Weltbild verändert. Prinzessin Charlotte war verletzlich, gefühlvoll und unzufrieden mit ihrem Leben. Scarlett war frei wie ein Vogel und fähig, ihr Leben zu leben, wie es ihr gefiel. Ich wollte Charlotte helfen, etwas mehr wie Scarlett zu sein, aber als bürgerliche einer Prinzessin Ratschläge geben? Ich käme in Teufelsküche.

»Du musst anfangen, Privates und Arbeit zu trennen. Es bringt nichts, wenn dein Privatleben dich auch in deiner Arbeit bedrängt. Ja, ich weiß, der gute alte Alfonso mit seinen Ratschlägen. Es ist schwer, aber du wirst sonst niemals glücklich. Sei glücklich. Sei die Frau, die du sein willst.«

Ich wusste nicht einmal, welche Frau ich sein wollte. Geschweige denn, wie ich das Problem mit Scarlett lösen konnte. Eins wusste ich. Ich wollte sie nicht in meinem Leben missen. Keine Flirterei hatte sie gesagt. Ebenso wie keine Küsse, aber ... sie hatte mich geküsst. Zärtlich und voller Hingabe. Natürlich, sie machte die Regeln, aber ... ich wollte ihre Lippen berühren. Unsere Zungen sollten im Feuer der Liebe Tango tanzen. Mein Körper sollte ihr gehören. Das war alles, was ich wollte. Und doch ... ich traute mich nicht es auszusprechen. Ich wollte ihr gehören.

CHARLOTTE

»Charlotte? Bist du wach?«

Roses Stimme drang dumpf durch meine Schlafzimmertür.

»Jetzt schon. Komm rein, es ist offen«, gab ich ihr gähnend zur Antwort. Sie zögerte kurz, ehe sie die Tür öffnete. Ich zog mir die Decke unter das Kinn, wartete darauf, dass sie im Rahmen der Schlafzimmertür erschien.

»Prinz Philipp wird heute bei Vater um meine Hand anhalten«, verkündete sie, während sie mich überglücklich anstarrte. Es tat weh, zu sehen, wie sie sich so an einen Strohhalm klammerte.

»Glückwunsch«, entgegnete ich und so gern ich mich für sie gefreut hätte, es gelang mir nicht.

Zu tief saß die Angst, dass sie von Vater vor den Kopf gestoßen wurde.

»Was ist denn? Du freust dich ja gar nicht«, murmelte sie enttäuscht, ließ sich dennoch auf der Matratze nieder.

»Doch«, gab ich zu, doch es klang nicht einmal halb so überzeugend, wie ich es mir gewünscht hätte.

»Ist es wegen Elinore?«, fragte sie und ich schüttelte den Kopf.

»Nein, aber Vater. Denkst du, er wird es gutheißen, wenn er ihm sagt, dass er mich nicht heiraten will? Ich bin die Nächste in der Thronfolge und ich bringe ihm und auch dir nur Unglück«, antwortete ich. Dieses Mal war es Rose, die ihren Kopf schüttelte.

»Sag doch nicht so etwas. Du bringst kein Unglück. Wir werden das schon hinbekommen. Also was ist nun mit Elinore?«, fragte sie neugierig, dennoch zuckte ich nur mit den Schultern.

»Was soll schon mit ihr sein?«, entgegnete ich und legte den Kopf schief.

»Sie war das letzte Mal ziemlich lange hier. Hattet ihr Spaß? Wieso hat Mary nichts gesagt?«, fragte sie mit einem dreckigen Grinsen und mein Blick verfinsterte sich. Stille Wasser sind tief und schmutzig. Ein wunderbares Sprichwort.

»Nein, hatten wir nicht. Und selbst wenn, was hier drin passiert, geht keinen was an«, knurrte ich. Warum interessierte man sich nur dafür?

»Aber Mary?«, wiederholte sie, erntete dafür einen finsteren Blick.

»Ich habe sie weggeschickt. Natürlich will ich nicht dabei erwischt werden, wie ich ...«

»Jaja, Schwesterchen. Wann wirst du es Papa sagen?«, fragte Rose mich, während mir die Entgeisterung zutiefst im Gesicht stand.

»Spinnst du? Wenn ich es ihm sage, wirft er mich in den Kerker.« Sie zuckte mit den Schultern.

»Also versteckst du dich lieber hinter einer Maske und hoffst darauf, dass alles glatt läuft? Was, wenn du dich einmal verliebst? Die Frau findest, die dein Herz erwärmt? Lässt du sie abblitzen, nur weil du die Prinzessin bist?«, fragte sie. Betrübt sah ich auf meine Decke.

»Was soll ich deiner Meinung nach tun? Ich bin das schwarze Schaf der royalen Familie. Soll ich unseren Ruf - und ich merke an, es geht nicht nur um meinen, sondern auch um deinen - wegen Gefühlen in den Dreck ziehen?« Sie sah mich an, sagte jedoch kein Wort. Ein Zeichen, dass sie zugeben musste, dass ich recht hatte.

»Prinz Philipp und sein Vater werden heute Abend mit uns essen. Es gibt einiges zu ...«, Vater räusperte sich, ehe er mir einen zufriedenen Blick zu warf, »besprechen.«

Rose nickte eifrig, was ihr einen finsteren Blick von Vater einbrachte.

»Ich möchte, dass ihr euch angemessen kleidet und das heißt ...« Der Blick wanderte in meine Richtung »keine Jumpsuits. Und benehmt euch. Wie weit ist das Bild für den Prinzen?«, fragte er an mich gewandt, doch ich zuckte mit den Schultern.

»Fast fertig, würde ich sagen«, antwortete ich, was ihn sichtlich erfreut lächeln ließ.

»Gut, ich werde die Künstlerin einbestellen, sie soll es bis heute Abend vollenden. Ich würde es gern dem Prinzen als Geschenk mitgeben«, entgegnete er. Das bedeutete, dass ich Elinore wiedersehen würde. Immerhin ein Lichtblick in der zu erwartenden Finsternis des Tages.

»Gut, das wäre alles. Wenn ihr mich entschuldigen würdet, ich habe noch einige

Korrespondenzen zu erledigen«, fuhr er fort, erhob sich und verschwand in seinem Arbeitszimmer. Rose seufzte.

»Er wird uns dafür hassen, dass wir ihm das antun, oder?« Ich nickte.

»Armer Philipp«, murmelte sie, ehe auch sie aufstand und mit hängenden Schultern von dannen schritt.

»Dabei sollte man mich bemitleiden«, murmelte ich mir selbst zu, ehe ich ebenfalls in mein Zimmer verschwand.

Wenige Stunden später erschien einer unserer Angestellten und kündige Elinore an. Sie trug ein rotes T-Shirt, dunkelblaue Chucks zu einer hellblauen Jeans. Die Haare standen zerzaust ab und ihr gesamtes Erscheinungsbild ließ mich kurz aufkichern.

»Ich sehe furchtbar aus, Eure Hoheit. Aber Euer Bote hat mich mehr oder minder aus dem Bett geworfen. Wir müssen das Bild heute vollenden?«, fragte sie und eine Unsicherheit schwang in ihrer Stimme mit.

»In der Tat. Vater möchte es meinem *zukünftigen Bräutigam* heute Abend zur Verlobung schenken. Pech nur, dass er Rose den Antrag machen wird«, antwortete ich, während sie mir zunickte.

»Ich verstehe, Eure Hoheit. Also werden wir uns nicht mehr so häufig sehen?«, fragte sie schüchtern und ich lachte.

»Natürlich werden wir das. Ich biete mich dir als Modell an. Im Gegenzug erstellst du mir eine Serie an Akt-Gemälden. Alle im Porträt bekomme ich. Alle, die mein Gesicht verbergen, sollen dir für eine Serie und zur Aufstockung deines Gehalts dienen.«
Sie lächelte mich begeistert an und ich wusste, dass ich sie so damit gefangen hatte.

»Es wäre mir eine Ehre, Sie zu malen, Eure Hoheit«, entgegnete sie und ich grinste.

»Ich weiß. Wir sollten uns jedoch beeilen, sonst wird Vater ungeduldig«, unterbrach ich, ehe ich sie in meine Gemächer zog, wo ich mich in das Kleid zwang und meine Position einnahm. Den Großteil hatte sie tatsächlich schon gemalt, weshalb ich wusste, dass sie es heute beenden würde. Leider.

Wir unterhielten uns über belanglose Dinge. Ich erfuhr, dass sie mit ihrem Bruder zusammenlebte und Kunst für sie mehr als nur ein Hobby war. Sie träumte davon, Teil von großen Vernissagen zu sein und mit ihren Gemälden Geld zu verdienen. Das die Uni größtenteils ein Graus für sie war anstatt einer

Freude. Aber auch, dass ihr Bruder ein absoluter Weiberheld war.

»Letztens meinte er sogar zu mir, dass ich ja genauso Frauen aufreißen würde wie er«, erzählte sie und grinste.

»Soso, eine Frauenheldin?«, fragte ich amüsiert.
Eine leichte Schamesröte zeichnete sich auf Elinores Wagen ab.

»Nein, also ich ... bis auf Sie hatte ich noch nie etwas mit einer Frau, Eure Hoheit. Also ich habe es mir vorgestellt. Als ich jünger war, aber ich dachte nie, dass ich ...«, sie stockte, was ich als Anlass nahm, ihren Satz zu vervollständigen: »lesbisch bin?«

Sie nickte und der Rotton ihrer Wangen wurde zu einem wundervollen Weinrot.

»Die meisten fallen ins kalte Wasser oder sie beginnen, sich mit Prozenten in Schubladen zu stecken. So getreu dem Motto: Ich stehe zu 30% auf Frauen, später, okay, zu 50% und irgendwann stellen sie erschrocken fest, okay, ich bin mir sicher, ich stehe zu 100% auf Frauen. Glaub mir, du bist nicht allein. es geht beinahe allen so«, erklärte ich. Erleichert lächelte sie mich an.

»Was denn?«, fragte ich irritiert und ihr Lächeln verschwand.

»Sie sind so ehrlich, Eure Hoheit. Ich kenne niemanden, der sich überhaupt mit mir über das Thema unterhalten würde«, entgegnete sie und ich zuckte mit den Schultern.

»Ich schlage dich, wenn wir miteinander schlafen. Unsere Beziehung ist ehrlicher als so manche Liebesbeziehung«, erwiderte ich und sie prustete los vor Lachen. Sie erwiderte mit einem sanften Hauch in ihrer Stimme: »Ja, das ist sie wohl. «

Passend zum Beginn des Banketts hatte Elinore ihr Meisterwerk von einem Gemälde fertiggestellt. Wunderschön stand es nun abgedeckt da, als würde es nur darauf warten, dass Vater im wahrsten Sinne des Wortes die Kinnlade herabfallen würde.

Wir saßen gerade beim Hauptgang, als Prinz Philipp die Aufmerksamkeit der Anwesenden forderte und sich erhob. Er trug einen Mantel in den Landesfarben und lächelte Rose an, bis er sich meinem Vater zuwandte.

»Mein König, meine Damen, Vater, liebste Rose und Charlotte«, sprach er und Vater sah ihn fasziniert, beinahe erwartungsvoll an, »wir sind zusammengekommen, weil wir ein Fest feiern möchten. ich habe mich über die Wochen hinweg verliebt. Niemals hätte ich erwartet, dass ich einmal aus Liebe heiraten möchte, aber nun würde ich es gern tun.« Er lächelte meinen Vater an , verbeugte sich und stellte die alles entscheidende Frage: »Euer König, ich bitte hiermit um die Hand Eurer Tochter Rosalie.«

Totenstille. In diesem Moment hätte man eine Nadel fallen lassen können und man hätte ihren Aufprall auf dem Marmor gehört.

Es dauerte, bis mein Vater seine Stimme wiederfand.

»Ihr bittet mich um die Hand meiner Tochter Rosalie?«, wiederholte er und der Prinz räusperte sich. Unsicher warf er mir einen Blick zu, dann entgegnete er selbstsicher: »Ja, Euer Gnaden.«

Eine Minute zog ins Land, ehe mein Vater den Kopf schüttelte.

»Abgelehnt. Nehmt Prinzessin Charlotte zur Frau oder verlasst auf der Stelle meinen Palast.«

Der König von Schweden erhob sich, warf meinem Vater einen finsteren Blick zu.

»Ihr verweist uns des Hauses?«, fragte er und mein Vater nickte.

»Ganz recht. Ich will einen Thronerben, keinen weiteren Heuchler, den ich durchfüttern muss«

Der König von Schweden erhob sich, warf seinen Umhang über die Schulter und sah zu Prinz Philipp.

»Wir gehen Philipp«, knurrte der schwedische König und Vater reckte die Brust stolz nach vorn. Der Prinz sah hilfesuchend zu Rose, doch diese war starr vor Schreck. Erst als Philipp sich erhob, erwachte sie aus ihrer Starre.

»Nein, Vater! Hört ihn Euch doch an«, entgegnete sie, doch Vater warf ihr einen finsteren Blick zu.

»Schweig, oder ich verweise dich auf dein Zimmer!«, knurrte er, doch Rose stand auf und drehte sich um.

»Das musst du gar nicht, ich gehe auch so!«
Mit diesen Worten stolzierte sie davon.

»Wer die Liebe nicht ehrt, der ist die Krone nicht wert. Du solltest dich schämen, alter Freund«, entgegnete der schwedische König, dann zogen auch Philipp und sein Vater von dannen. Einzig mein gekränkter alter Herr und ich blieben am Tisch zurück.

»So viel Aufwand und für was? Dafür, dass wir wieder soweit sind wie zuvor«, seufzte er. Mit den Fingern massierte er sich müde die Schläfen. Irgendwie tat mir dieser alte Mann leid. Ich stand auf und legte meine Hände auf seine Schultern.

»Es war nicht deine Schuld, Vater.«

Es war das erste Mal in meinem Leben, das er seine Hand auf meine legte und sagte:

»Und deine ebenfalls nicht.«

ELINORE

Royale Hochzeit gescheitert?
Königliche Verlobung von Prinzessin Charlotte
mit Prinz Philipp nun vor dem endgültigen Aus
oder nur auf Eis?
Wann findet endlich die langersehnte
Vermählung der Prinzessin statt?

Oh. Die Zeitung war voll damit, dass die
Verlobung geplatzt war. Doch nirgends war
auch nur etwas davon zu lesen, ob Prinzessin
Rose nun den Prinzen heiraten würde. Kurz
überlegte ich, Charlotte zu schreiben, ob alles

in Ordnung war, als mich eine WhatsApp Nachricht von ihr erreichte.

»Hast du Zeit? Wir treffen uns im Red Devil um 16 Uhr.« Ich lächelte, wenn auch etwas besorgt. Wenn sie sich außerhalb treffen wollte, musste irgendetwas vorgefallen sein. Ich blickte auf die Uhr. Bis zum Treffen mit Charlotte lagen noch zwei Stunden Kunstwissenschaft vor mir und meine Motivation war nicht gerade die Beste.

Alfonso hatte mir freigegeben, nachdem ich so lange an dem Bild für die Prinzessin gearbeitet hatte und ich war erstmals froh über den Abstand.

»Bleib zu Hause, ruh dich aus und mach dir Gedanken um neue Kunstwerke. Du hast jetzt Rang und Namen in der Künstlerwelt«, hatte er gesagt und schulterzuckend hatte ich dem zugestimmt. Ob man von Rang und Namen reden sollte, wusste ich nicht, aber im Endeffekt war ich jetzt sogar relativ froh über meine unverhoffte Freizeit. Nun fand die Muse nicht den Weg in meine Vorstellungskraft.

In Jeans und T-Shirt stand ich vor dem Red Devil und wartete darauf, dass sich Charlotte meldete.

»Komm hintenrum«, schrieb sie, während ich grinsend ums Eck bog, nur um direkt in sie hineinzulaufen.

Sie stand an die Wand gelehnt und zwischen ihren Fingern steckte eine Zigarette.

»Sie rauchen, Eure Hoheit?«, fragte ich sie. Erschrocken zuckte sie zusammen. Scheinbar hatte sie mich noch nicht gesehen.

»Nur, wenn ich einen Scheißtag habe«, antwortete sie und ich sah betrübt zu Boden.

»Lief es nicht gut?«, entgegnete ich und sie schüttelte den Kopf.

»Vater ist am Boden. Rose ist unglücklich und die Schweden sauer auf uns, weil wir sie gekränkt haben. Tolle Voraussetzungen, ihm zu sagen, dass ich auf Frauen stehe, oder?«, entgegnete sie. Überrascht sah ich sie an.

»Sie haben es ihm ...«, schlussfolgerte ich, doch sie schlug sich nur mit der Handfläche gegen den Kopf. Scheinbar war meine Frage nicht gerade die Beste gewesen.

»Sehe ich so aus? Er hätte mich zerfleischt, wenn ich es ihm auch noch an diesem Abend gesagt hätte.« Ich nickte verständnisvoll.

Es dämmerte mir. Diese Session heute galt nicht nur mir. Sie war in erster Linie dazu da, dass Charlotte vergessen konnte, was vorgefallen war. Sie wollte die Kontrolle über etwas zurückgewinnen, nachdem im Palast wohl alles drunter und drüber ging.

Sie zog ein letztes Mal an ihrer Zigarette, ehe sie halb abgebrannte Kippe wegwarf und sich zu mir umdrehte. In ihren Augen lag ein seltsamer Glanz.

»Na komm schon. Ablenkung tut uns beiden gut«, sagte sie und verschwand nach drinnen. Ich folgte ihr, direkt in ihre Räumlichkeiten. Das Zimmer war in einem dunklen Rot gehalten, was mir heute jedoch erst richtig bewusst wurde. Ich begann es unwillkürlich mit ihrem Flügel im Palast zu vergleichen. Es war steril und ohne große Schnörkel. Schlicht, modern. Zwei komplett unterschiedliche Welten. Ich fragte mich, welche sie wohl bevorzugte.

»Zieh dich aus«, befahl sie, war sofort wieder in ihrer Rolle als Domina. Sie sah mich an und grinste, dann ließ sie ihren Mantel von den Schultern gleiten, bis sie nackt vor mir stand. Mit großen Augen sah ich sie an, zog mir das Shirt über den Kopf und öffnete meinen BH. Sie seufzte. Ich sah sie irritiert an.

»Du bist zu langsam«, knurrte sie als Antwort, bis sie mich mit einem stürmischen Kuss auf das Bett drückte. Sie streifte mir den BH von den Händen, ich fühlte ihre Hände an meinen Brüsten, dann wie sie tiefer über meine Seiten glitt. Ihre Finger fanden meinen Gürtel, öffneten ihn, ehe sie mich durch den Slip hindurch berührte. Erregt stöhnte ich auf, drückte mich ihr willig entgegen. Die Hitze zwischen meinen Beinen war jetzt schon beinahe unerträglich.

»Bitte«, hauchte ich und ihre Lippen fanden die meinen. Unsere Zungen umspielten einander und ich stöhnte, als sie mich durch den Stoff über meinen Lustpunkt streichelte. Keuchend drückte ich mich ihrer Bewegung entgegen.

»Nicht so ungeduldig«, knurrte sie und drückte mich mit der Hand in meinen Haaren tiefer in die Matratze.

»Nehmen Sie mich, Eure Hoheit«, wimmerte ich und spürte, wie sich mich losließ, um mir die Jeans von den Hüften zu ziehen. Den Slip zog sie ebenfalls im selben Atemzug von meinen Beinen. Vollkommen entblößt lag ich vor ihr, doch sie grinste mich nur dreckig an, während sie in ihrer Schublade nach zwei Toys griff. Noch immer beherrschte dieses verbotene Grinsen ihre Lippen.

Das erste Toy konnte ich als Strapon definieren. Das Zweite war mir jedoch absolut unbekannt.

»Wenn es dir zu viel wird, denke an die Codes«, sagte sie und ich schluckte. Dann sah ich zu, wie sie sich ihren Teil des Strapons einführte, genüsslich die Augen schloss und mir einen verführerischen Augenschlag zuwarf.

»Dreh dich um«, entgegnete sie, dann drehte ich mich wie geheißen auf den Bauch.

»Hüfte hoch«, knurrte sie und ich spürte einen harten Schlag auf meinem Hintern.

»O Gott«, keuchte ich, während ich ihr leises Lachen vernahm.

»Ich hab doch noch gar nicht angefangen.«

»Was wollen Sie mit mir tun, Eure Hoheit?«, fragte ich aufgeregt und sie lächelte, ehe sie mit dem unbekannten Toy näher kam. In ihrer rechten Hand hielt sie eine Tube Gleitgel.

»Ich werde dir heute zeigen, wie empfindlich deine Hintertür ist, während ich dich von vorne ficken werde«, erklärte sie und ich spürte, wie die Hitze sich in meinem Unterleib sammelte.

»Bist du bereit?«, fragte sie und ich nickte.

»Rede gefälligst«, entgegnete sie streng und ich öffnete meine Lippen.

»Ja, Eure Hoheit«, hauchte ich, ehe ich das Klicken der Tube vernahm und spürte, wie sie einen Finger an meinem Eingang platzierte.

Ganz sanft drang sie in mich ein, bewegte sich vorsichtig.

Ich zog die Luft ein. Es war ungewohnt. Mehr als ungewohnt. Aber - es fühlte sich nicht schlecht an. Eher das Gegenteil.

Sie nahm einen zweiten Finger dazu, führte ihn tiefer, zog sich aus mir heraus. Sie traf einen Punkt, der mich aufkeuchen ließ. Mein Körper entspannte sich in jedem Moment, gab sich der Berührung hin. Dann zog sie sich aus mir heraus und eine seltsame Leere blieb zurück.

»Bitte, Eure Hoheit. Nicht aufhören«, bettelte ich, doch sie strich mir sanft über meinen Hintern, ehe sie etwas Dickeres in mein Hintertürchen einführte.

Erregt stöhnte ich auf. Verdammt. Dieses Ding war wesentlich dicker.

Aber ... o mein Gott.

Sie hatte die Vibration angestellt und ich stöhnte auf. Es war intensiver, als ich es erwartet hatte. Es war der Wahnsinn.

»Mehr«, keuchte ich erregt und sie grinste, ehe sie uns drehte, sodass sie über mir lag.

Langsam führte sie den längeren Teil des Strapons in mich ein. Ich stöhnte hart auf. Dieses Gefühl war so unglaublich. Es war ungewohnt. Mir war heiß. Kalt. Ich fühlte mich ausgefüllt und zugleich leer. Es war, als würde ich nicht wissen, wo oben und unten war.

Der Strapon berührte den Vibrator. Dieses Zittern durchquerte meinen gesamten Körper. Ich stöhnte und krallte mich an Scarlett fest, als sie mich mit dem Strapon fickte.

Langsam, quälend langsam zog sie sich aus mir heraus, um wieder einzudringen. Sich langsam steigernd begann sie, sich schneller zu bewegen und ein erregtes Keuchen überkam ihre Lippen.

»Fuck, mehr ... bitte, Eure Hoheit.«
Mein Betteln wurde immer lauter, fordernder und mit einer Fernbedienung beschleunigte sie das Vibrieren. Passend zu ihren Stößen trieb sie mich weiter, härter zum Abgrund hin. Ich stöhnte ungehalten, während beinahe synchron ein Keuchen aus ihren Lippen drang, gefolgt von einem harten und erregten Stöhnen.

»Verdammt, fickt mich. Fickt mich, so hart Ihr könnt.« Und sie tat es. Ich kam so heftig, dass ich glaubte, es würde mich zerreißen.

Als sie sich aus mir herauszog, sowie den Vibrator, ging mein Atem rasend schnell. Ich fühlte mich absolut erledigt. Es war hart und intensiv gewesen.

Sie grinste mich an, ehe sie sagte: »Du stehst wohl auf harten Sex?«

Ich zuckte mit den Schultern.

»Ich wusste es bis eben auch nicht«, antwortete ich, während ein Lächeln ihre Lippen umspielte. Sie ließ sich neben mir auf den Rücken sinken, und ich blickte über ihren Körper. Die wunderschönen Konturen, die zarte Oberfläche ihrer Haut.

Es war mir ein Vergnügen, sie zu zeichnen.

CHARLOTTE

»Redest du immer noch nicht mit Vater?«, fragte ich Rose drei Tage nach ihrer gescheiterten Verlobung. Empört schnaubte sie auf, ließ jedoch enttäuscht ihre Schultern hängen.

»Es tut weh, verstehst du das? Ich liebe ihn wirklich«, erklärte sie seufzend und ich nickte verständnisvoll. Es tat immer weh, die Liebe für etwas aufzugeben. Diese Erfahrung hatte ich schon oft gemacht.

»Hat er dein Bild nun in sein Arbeitszimmer gehängt? Er fand es doch so schön«, fragte sie, doch dieses mal lag es an mir mit den Schultern zu zucken.

Vater war mindestens genauso stur wie Rose. Die Geschehnisse des Abends und alles, was damit zusammenhing, wurde gemieden. Niemand verlor ein Wort darüber, doch insgeheim litt jeder darunter.

»Es ist scheiße gelaufen. Es tut mir wirklich leid«, sagte ich ehrlich und sie lehnte sich zu mir, während sie seufzte.

»Ich weiß. Mir auch.«

»Hätte Eure Hoheit diese Woche eventuell Zeit, für mich Modell zu sitzen?«
Es war relativ spät am Abend und ich war gerade auf dem Weg ins *Red Devil*, als mich Elinores Nachricht erreichte.

»Gern. Wann und vor allem, wieso so plötzlich?«, fragte ich nach. Die Antwort ließ nicht lange auf sich warten.

»Wir behandeln gerade in Kunstgeschichte die Akt-Malerei und in wenigen Wochen sind meine Prüfungen. Wenn es recht wäre, würde ich Sie gerne zeichnen, Eure Hoheit«, antwortete sie und ein Grinsen schlich auf mein Gesicht.

»Es wäre mir eine Ehre. Wann?«

Sie tippte, ehe prompt die nächste Nachricht folgte.

»Schnellstmöglich? Ich gebe Ihnen meine Adresse«, schrieb sie, anschließend war sie offline.

Grinsend wählte ich die Nummer vom Empfang des *Red Devils.* Francine nahm ab.

»*Red Devil - lebe deine Passion.* Was kann ich für Sie tun?«, fragte mich die altbekannte Stimme und ich unterdrückte ein Kichern. Francine bemühte sich den Einleitungssatz verrucht erotisch zu sagen, doch es zog bei den meisten nicht wirklich.

»Francine, sag meine Termine ab. Ich habe einen wichtigen Termin außerhalb«, sagte ich und spürte, wie sie am anderen Ende nach Worten suchte. Vermutlich war sie etwas perplex, dass ich mich über das Haupttelefon meldete.

»Alle? Aber, Eure Majestät, Ihr Terminplan ist heute sehr voll«, erwiderte sie unsicher, erhielt jedoch nur ein Knurren als Antwort.

»Sehr wohl, Eure Hoheit. Ich bin schon dabei«, entgegnete sie hastig. Meine Gesichtszüge formten ein amüsiertes Grinsen. Es war doch immer gut, ein bisschen gezielten Druck auszuüben.

»Braves Mädchen«, erwiderte ich, ehe ich zufrieden auflegte.

Elinore lebte in einer typischen Studentengegend. Ich grinste vor mich hin, als ich das Haus mit ihrer Wohnung fand und ihr eine WhatsApp schickte.

»Ich wäre da«, schrieb ich und erhielt sofort ein »Wie? Schon da?«, als Antwort. Es dauerte keine Minute, bis sie aus dem Fenster auf die Straße blickte und ich mich erwischte, wie ich ihr zuwinkte.

Sofort zog sie den Vorhang zurück, bis ich verfolgen konnte, wie im Flur das Licht anging, scheinbar mein Zeichen, dass ich mich auf den Weg zur Tür machen konnte, wo sie bereits den Türöffner betätigt hatte.

»Zweiter Stock«, rief sie über das Geländer hinunter und ich machte mich grinsend daran, die Treppen zu erklimmen.

Sie stand bereits im Türrahmen, strahlte über beide Ohren.

»Pascal ist nicht da, kommen Sie rein«, begrüßte sie mich und ich folgte in die kleine, aber sehr aufgeräumte Wohnung.

Sie überraschte mich. Das Wohnzimmer war weiß gestrichen, doch als Eye-Catcher prangte an einer Wand das Bild einer Pop-Ikone, das definitiv aus Elinores Feder stammen musste.

»Madonna-Fan?«, fragte ich sie und eine Röte schoss über ihre Wangen.

»Ein wenig«, entgegnete sie und verschwand ums Eck, ich vermutete, dass es die Küche war. Denn gleich darauf kam sie mit zwei Sektgläsern zurück, ihre Lippen zierte ein Grinsen.

»Wenn Eure Hoheit bitte auf der Liege Platz nehmen würde?«, sagte sie und deutete auf eine alte, verschnörkelte Liege. Sie passte nicht in das weiße, rechteckige Farbkonzept des Wohnzimmers, daher fragte ich mich ...

»Gehört die dir?«
Elinore schüttelte den Kopf.

»Habe ich mir von Alfonso ausgeliehen, aber ich dachte mir, dass sie sich gut eignet um diese Stimmung eines Akt-Gemäldes gut einzufangen«, antwortete sie und ich nickte verständnisvoll.

»Na gut, also wie willst du mich?«, fragte ich sie. Ein verruchtes Grinsen zierte ihr Gesicht.

»In erster Linie hätte ich Sie gern nackt, Eure Hoheit«, entgegnete sie. Eine Gänsehaut zog sich über meine Arme. Irgendwie gefiel mir dieses Spielchen immer mehr, weshalb ich sie dreckig angrinste, während ich langsam, genüsslich und absolut ohne Hintergedanken mir den Mantel über die Schultern strich und die Haare erotisch zurückwarf.

Elinores Blick verfolgte jede meiner Bewegungen. Sie schluckte, als ich den Saum des weißen Kleides berührte und ihn weiter nach oben wandern ließ, so weit, dass sie den Stoff des weißen Strings sehen konnte. Genüsslich ließ ich den Stoff höher und höher gleiten, bis sie ihn mir über den Kopf zog, sodass alles was meinen Körper noch zierte, der String war.

Elinore keuchte, als ihr Blick auf meine nackte Gestalt fiel.

»Ent...entschuldigt mich, Eure Hoheit. Ich ... ihr ... das ist nicht professionell. Tut mir leid«, stammelte sie und ich grinste, während ich am Bund meines Strings spielte.

»Du könntest mir ja behilflich sein«, entgegnete ich, doch ihre Augen weiteten sich erregt.

»Ich ... aber Eure Hoheit, das Bild ... «, erwiderte sie, doch sie kam näher. Sanft berührte sie meine Hüfte, ehe ich Elinore an ihren Haaren näher zu mir zog und sie leidenschaftlich küsste.

Ich war über meine eigene Regel schon lange hinweg. Zu gern küsste ich die junge

Studentin, die Künstlerin und meine Sklavin. Vermutlich war Elinore die einzige meiner Klienten, mit der ich gern Zeit verbrachte. Sie atmete tief in den Kuss hinein, biss sie ihre Hand zwischen meine Beine gleiten ließ und ich aufstöhnte.

Woher nahm sie sich nur das heraus? Behutsam berührte sie durch den Stoff hindurch meinen Lustpunkt. Vor und zurück. Wie ich es schon zahlreich bei ihr getan hatte. Ich stöhnte, ehe auch ich mich auf die Liege sinken ließ, darauf wartend, dass Elinore tiefer sank. Sie zog mir den String von den Hüften, über meine Beine. Die High Heels kickte sie ins Eck, um mehr Platz zu haben, als auch um meine Beine zu spreizen. Ich spürte ihren Atem an den Innenseiten meiner Oberschenkel, wie er immer weiter hinauf zu meiner Scham wanderte. Ihre Lippen berührten meinen Lustpunkt, ihre Zunge fand sofort ihren Weg an ihr Ziel. Sie leckte mich, wie ich es wollte, vermutlich sogar brauchte. Erregt stöhnend krallte ich meine Hand in ihr Haar, trieb sie weiter.

Sie keuchte und ihre freie Hand wanderte zwischen ihre Beine. Während sie mich leckte, berührte sie sich selbst und ich spürte, wie mein Höhepunkt immer näher rückte. Laut stöhnte ich auf, während ich selbst kam.

»Verdammt, so hatte ich mir das eigentlich nicht vorgestellt«, gab sie erschöpft von sich und ich grinste, während ich mich seitlich auf die Liege legte.

»Wieso denn nicht? Also ich fand es gut«, entgegnete ich und Elinore lächelte, ehe sie aufstand und zu ihren Zeichenutensilien ging.

»Können Sie das rechte Bein ausstrecken, das Linke anwinkeln und über die Lehne hinweg schauen? So, dass ich Ihren Rücken und einen Teil Ihrer Brust darauf habe? Ja? Genau so! Ist das für Sie in Ordnung, meine Hoheit?«, fragte sie und ich grinste. Sie hatte mich als ›Meine Hoheit‹ bezeichnet. Irgendwie machte mich das Gefühl glücklich und ich nickte, dann hörte ich, wie ihr Stift auf der Leinwand kratzte, während sie die Konturen zeichnete.

Es war relativ spät geworden, als sie verkündete, dass ich mich endlich bewegen konnte. Mein Bein war schon vor Stunden eingeschlafen, aber was tat man nicht alles, um jemanden bei seiner Abschlussarbeit zu unterstützen?

»Darf ich mal sehen?«, fragte ich, doch sie schüttelte nur den Kopf.

»Nein, bitte. Ich möchte es Ihnen erst zeigen, wenn es fertig ist, Eure Hoheit. Können wir morgen weitermachen?«, fragte sie und ich nickte.

Vater interessierte es gerade relativ wenig, was ich machte und das *Red Devil* kam auch ohne mich aus, schließlich gab es auch noch andere dort.

»Natürlich, warum nicht. Selbe Uhrzeit wie heute? Inklusive sturmfrei?«, fragte ich zwinkernd, und auf ihrem Gesicht zeichnete sich eine leichte Schamesröte ab.

»Ich werde schauen, dass Pascal nicht da ist. Vielen Dank, Eure Hoheit, es war ein sehr schöner Abend«, sagte sie, als sie mich zur Tür begleitete.

Ich grinste sie an, während ich erwiderte: »Es war auch für mich ein sehr schöner Abend. Schlaf gut, mein Vögelchen.«

ELINORE

»Na, Schwesterherz? Wie läuft dein Projekt?«, fragte Pascal am Morgen beim Frühstück. Natürlich war ihm nicht entgangen, dass ich für meine Abschlussarbeit extra ein altes Möbelstück geliehen hatte und mein Thema sich mit der Darstellung nackter Körper beschäftigte. Scheinbar trauter er das seiner - in seinen Augen - so prüden Schwester gar nicht zu.

»Wer ist denn das Modell? Du hättest auch ruhig mich fragen können. Ich bin ja schließlich ein Adonis von einem Mann«, fragte er scheinheilig, während er sich lasziv über die Lehne seines Stuhls rekelte, beinahe als wollte er mir damit nur verdeutlichen, wie unheimlich begehrenswert er doch war. Ich zuckte mit den Schultern, mit dem Versuch ihn bestmöglich zu ignorieren.

»Eine Freundin. Du kennst sie aber nicht«, entgegnete ich, aber wie Pascal eben war, zeichnete sich auf seinem Gesicht ein unheilvolles Grinsen ab.

»Eine oder deine Freundin?«, fragte er und ich warf ihm einen finsteren Blick zu.

»Aha!«, rief er und sprang auf, »es ist also kompliziert! Wann stellst du sie mir vor?«

Genervt griff ich nach dem Pack Taschentüchern neben mir, die mir als Schusswaffe für mein Ziel - seinen Kopf - dienten.

»Idiot«, grummelte ich, als er lachend um die Ecke in den Flur bog. Was wusste er schon.

Prinzessin Charlotte wieder frei.
Verlobung nur ein Bluff?
Was verheimlicht die Thronanwärterin?

Seufzend klappte ich die Zeitung zu. Es war idiotisch, wie man sich so für das Liebesleben eines einzelnen Menschen interessieren konnte. Sollte sie doch lieben, wen sie wollte.

Wenn die Menschen nur verstehen würden, dass Liebe immer noch den Charakter betraf und nicht das Geschlecht.

Zur selben Uhrzeit wie am Tag zuvor klingelte sie an meiner Tür. Nie hätte ich erwartet, dass sie sich auf diese Schnappsidee einlassen würde, doch andererseits war ich froh darum. Ich wollte niemand anderes zeichnen als Charlotte. Sie war perfekt

»Darf ich reinkommen?«, fragte sie, während ich verträumt in die Luft starrte.

»Ähm, klar«, antwortete ich verlegen und kratzte mich nervös am Hinterkopf. Irgendwie war ich heute nicht ganz bei der Sache.

»Möchten Sie etwas trinken, Eure Hoheit?«, fragte ich sie, doch sie schüttelte nur den Kopf.

»So wie gestern?« In ihrer Stimme lag dieser verbotene, verruchte Unterton. Ich starrte auf die Uhr. Pascal würde heute früher nach Hause kommen. Sie durften sich auf keinen Fall begegnen.

Also musste ich gezwungenermaßen auf den freudigen Teil verzichten.

»Jedoch heute leider ohne Vorspiel. Mein Bruder kommt früher nach Hause und es wäre besser, wenn ihr euch nicht begegnen würdet, Eure Hoheit«, entgegnete ich. Sie nickte, ehe sie sich schweigend auszog und ihre Stellung einnahm.

»Weißt du schon, was du an deinem Abschluss tragen wirst?«, fragte sie nach einigen Minuten, in denen man nur das Kratzen des Pinsels auf der Leinwand hörte.

»Nein, aber ... entschuldigt die Frage, wie kommt Ihr darauf?«, entgegnete ich, doch sie zuckte nur mit den Schultern.

»Du hattest gesagt, dass du nicht so viel Geld verdienst und ich weiß, dass Kleider teuer sind. Du könntest dir doch einfach eins von meinen Kleidern aussuchen. Ich habe genügend, mal davon abgesehen, trage ich die meisten nur einmal und dann nie wieder.«

Erschrocken schnappte ich nach Luft. Ich sollte mir eins ihrer Kleider aussuchen?

»Ich ... Eure Hoheit. Das kann ich auf keinen Fall annehmen«, entgegnete ich und sie hob die Hand, unser Zeichen für eine Pause, ehe sie sich zu mir umdrehte.

»Wieso nicht? Wie gesagt, ich brauche sie ja nicht. Außerdem würdest du traumhaft aussehen in einem edlen Kleid neben dem Porträt.«

Ich zuckte mit den Schultern, schüttelte aber dennoch den Kopf.

»So ein Kleid kostet ein halbes Vermögen. Niemand würde glauben, dass ich mir so etwas leisten kann. Ich wüsste gar nicht, wie ich das erklären sollte«, erwiderte ich und nun lag es an ihr, mit den Schultern zu zucken.

»Muss man denn alles erklären?«, fragte sie und ich nickte. Natürlich. Es war bekannt, dass ich nicht viel Geld hatte. Meine Eltern unterstützen uns nicht und den Traum eines Abendkleides für den Abschluss hatte ich schon lange aufgegeben.

»Du kommst morgen einfach zu mir, dann schauen wir nach einem Kleid für dich. Seh es einfach als Geschenk«, entgegnete sie, doch ich verzog das Gesicht. Oh, wie ich es doch hasste, wenn man mir teure Geschenke machte.

Eine Viertelstunde bevor Pascal nach Hause kommen sollte, beendete ich das Bild. Es war ein Meisterwerk geworden.

»So fertig«, sagte ich und lächelte das noch feuchte Gemälde an.

»Wirklich?«, fragte Charlotte und erhob sich. Nackt wie sie war, stand sie neben mir vor dem Bild. Ich wünschte, ich hätte ein solches Selbstbewusstsein.

»Es sieht toll aus. ich bin überzeugt, deine Professoren werden begeistert sein. Du solltest dich auf Akt spezialisieren. Wie ich schon sagte, ich suche schon lange jemanden, der Bilder von mir malt«, erwiderte sie mit einem Zwinkern. Sanft hauchte sie mir einen Kuss auf die Lippen, ehe sie nach ihren Klamotten griff und sich anzog. Charlotte und Pascal sollten sich, zu meinem Glück, an diesem Abend noch nicht begegnen.

Am nächsten Morgen wurde ich von dem königlichen Boten zum Palast gefahren.

Charlotte hatte den Wunsch geäußert, dass ich weitere Gemälde von ihr anfertigen würde. Dies stimmte tatsächlich nur zum Teil. Unter anderem war ich auf dem Weg zum Palast, damit ich mir ein Abschlusskleid aussuchen konnte. Davor hatte ich ironischerweise mehr Bauchschmerzen, als davor, sie zu malen.

Ungewöhnlicherweise begrüßte sie mich bereits am Tor und führte mich in den privaten Teil des Gartens. Von dort aus konnte die Öffentlichkeit und auch niemand vom Schloss uns sehen. Sie grinste mich an, ließ den Mantel fallen, sodass sie nackt vor mir stand. Mit großen Augen blickte ich sie an und schluckte. Was zur Hölle hatte sie vor?

»Siehst du die Blumen? Ich möchte ein Bild davon, ich nackt, umringt von Blumen, die meine Scham bedecken. Nimm Rosen, Veilchen und Tulpen, das sind meine Lieblingsblumen, lass ihre Blätter an meinem Körper entlang hinaufwandern.«

Ich lächelte sie an und Charlotte grinste.

»Ich wusste, dir würde die Idee gefallen«, entgegnete sie, ließ sich rücklings auf die Wiese sinken. Noch immer lächelnd zupfte ich die Blüten ab, garnierte sie auf ihren Körper. Ich spürte, wie ihr Atem bei jeder meiner Berührungen schneller wurde, je häufiger sich meine Finger auf ihre Haut verirrten. Direkt neben ihr nahm ich Platz und ließ meiner Fantasie freien Lauf. Die Striche formten die Konturen, vervollständigen die Skizze des Bildes. Wenn ich bei Charlotte war, zeichnete ich meist nur Skizzen. Die endgültigen Werke brauchten Ruhe sowie mein gewohntes Umfeld. Beides hatte ich in der Nähe der Prinzessin selten. Dennoch wussten wir beide, dass dieses Bild eins unserer Liebsten sein würde.

Als die Sonne sich verzog, folgte ich ihr in ihre Gemächer. Sie hatte bereits einige Kleiderstanden mit Kleidern ins Wohnzimmer gefahren und grinste mich an wie ein Kind vor dem geschmückten Weihnachtsbaum.

»Ein dunkles Blau oder ein beeriges Rot würde dir sehr gut stehen. Probier dich doch mal durch, ich sage dir schon, was gut aussieht und was nicht.«

Mit geröteten Wangen stieg ich in das erste Kleid. Es war aus dem teuersten Stoff genäht, denn ich je in der Hand gehalten hatte. Jedes Einzelne war schöner als das andere und ich kam aus dem Staunen nicht mehr heraus.

»Das nicht, dafür hast du nicht die Figur. Probier mal das«, meinte sie nach ein paar Minuten, während sie mir ein beerenfarbenes Cocktailkleid in die Hand drückte. Es hatte einen Carmen-Ausschnitt und lange Ärmel aus feinster Spitze. Sie grinste mich an und verkündete: »Das ist es.« Ich betrachtete mich im Spiegel. In der Tat stand mir das Kleid sehr gut. Mit der richtigen Kette würde ich damit neben den anderen Mädchen gut dastehen, ohne ihnen die Show zu stehlen.

Genauso wollte ich sein. Unscheinbar mit dem richtigen Kleid.

CHARLOTTE

Die vergangenen Wochen hatten sich Elinore und ich uns beinahe täglich im Wechsel bei ihr oder bei mir für weitere Gemälde getroffen. Es war beinahe wie eine Routine für uns geworden. Dennoch waren die Besuche bei ihr für mich immer etwas ganz Besonderes. Sie waren meine einzige Möglichkeit, die Werke im Schaffensprozess zu bewundern. Wenn ich es sah, dann erst, wenn es fertig war. Natürlich faszinierte es mich dennoch, aber ... zu sehen, wie es entstand, war einfach ... wow.

Elinore stand in ihrem beerenfarbenen Kleid vor meinem Gemälde und betrachtete sich kritisch. Sie sah mehr als gestresst aus und ich hatte mich angeboten, ihr bei der Frisur sowie dem Make-Up zur Hand zu gehen. Sie hatte sich zwar lange dagegen geweigert, aber letztendlich hatte sie sich ergeben. Nun stand sie da, mit gelocktem Haar, getuschten Wimpern, einem Hauch von Rouge und einem beerigen Lippenstift. Sie sah toll aus. Es fehlte nur noch ein kleines Detail.

»Mach mal deine Augen zu«, bat ich sie, und sie gehorchte, zog jedoch fragend eine Augenbraue nach oben.

»War ...«, stockte sie, doch mein Blick ließ keine Widerrede zu. Sie spitze die Ohren, als ich in meiner Tasche nach der länglichen Schachtel kramte. Sie würde mich dafür vermutlich am besten auf den Mond schießen, aber ich konnte dem Drang, dieses Schmuckstück zu kaufen, nicht widerstehen.

»Vorsicht, kalt«, sagte ich, als ich ihr die hauchdünne Kristallglaskette um den Hals legte. Sie war wunderschön.

»Du darfst deine Augen aufmachen«, hauchte ich ihr ins Ohr, während sie langsam ihre Augen öffnete.

»Wow. Sie ist wundervoll«, entwich es ihr und behutsam tastete sie nach der Kette. Ganz wie ich es erhofft hatte, verlieh sie ihr einen ganz besonderen Look.

»Aber ich kann das doch nicht annehmen«, entgegnete sie, doch ich schüttelte meinen Kopf.

»Du kannst, und du wirst«, fuhr ich fort und sie lächelte mich milde an.

»Wie soll ich Ihnen nur jemals danken?«, fragte sie mich, und ich zuckte grinsend mit den Schultern. Sie musste mir nicht danken.

»Das tust du schon genug. Trag sie einfach und hab einen schönen Abend. Mehr möchte ich doch gar nicht«, antwortete ich.

Sichtlich gerührt nickte sie, griff nach ihrer Tasche und ich nach meiner Jacke.

»Soll ich dich begleiten?«, fragte ich, doch sie schüttelte nur den Kopf.

»Ich denke, ich kann die paar Meter auch alleine gehen. Danke für alles, Eure Hoheit«, erwiderte sie. Zum Abschied küsste ich sanft ihre Wange.

»Bitte, mein Vögelchen.«,

An der Ecke trennten sich unsere Wege.

Ich verschwand ins *Red Devil*, jedoch nur um meinen Plan umzusetzen. Langsam zog ich das kleine Schwarze und die braune Bob Perücke aus der Tasche. Ebenso folgten die rote Brille sowie der rote Lippenstift. Vor dem Spiegel begann ich, mich zu verwandeln. Die blonden, langen Haare verschwanden unter der Perücke, die blauen Augen hinter schokofarbenen Kontaktlinsen.

»Salut Madame Scarlett, Sie sehen heute sehr gut gekleidet aus«, scherzte ich mit meinem Spiegelbild, schnappte mir die Tasche, stieg in die roten Pumps und stolzierte an Francine, mit meinem Hintern wackelnd vorbei. Sie warf mir einen ungläubigen Blick zu, doch bevor sie etwas sagen konnte, war ich auch schon aus ihrem Sichtfeld verschwunden.

Das Schöne an Abschlussbällen einer Kunsthochschule war - sie waren für alle offen. Schließlich verweigerte man den zukünftigen Sponsoren der frisch gekürten Künstlern nicht die potenziellen Kunden. So fand ich mich schnell in einer Halle wieder, in dem die jeweiligen Künstler sich neben ihren Bildern unterhielten, andere Werke beäugten und ausgelassen bei einem Glas Champagner feierten.

Mein Blick scannte den Raum nach Elinore, die in ihrem beerenfarben Kleid neben einem Mann stand und sich sichtlich amüsierte.

»Sie haben sich sehr gemacht, junges Fräulein. Ich sagte doch bereits bei der letzten Ausstellung, dass ich sehr an ihren Porträts interessiert sein würde. Wenn Sie möchten, würde ich sie gerne für eine Vernissage in Paris gewinnen. Es wäre mir eine Freude, dieses wunderbare Werk und die weiteren der Serie auszustellen. Machen Sie sich keine Gedanken, ich werde mich um das ganze Organisatorische und das Finanzielle kümmern. Seien Sie mein Gast, Fräulein Elinore«, sagte er und sie schien zu überlegen.

»Ich würde es annehmen, Fräulein. Es ist eine große Ehre, von Maxime Morreau nach Paris eingeladen zu werden«, erklärte ich, während ich mich beiläufig ins Gespräch einmischte und grinste ihn an.

»Oh, gnädige Dame, Sie schmeicheln mir. Kennen wir uns?«, fragte er, küsste meine Hand. Ich grinste. In der Tat waren wir uns einmal begegnet, da sein Auge für Kunst sehr gut, jedoch keiner seiner Künstler gut genug für meine Wünsche war.

»Ich schätze flüchtig, Sie werden sich jedoch nicht an mich erinnern. Ist dieses wunderbare Werk denn schon verkauft?«, fragte ich und Elinore nickte zögerlich.

»Herr Morreau hat soeben die gesamte Serie bei mir erworben.« Ich grinste. Wenn das nicht mal gute Nachrichten waren.

»Es ist zu schade, dass das Modell nicht hier ist. Gerne hätte ich gewusst, wer sich unter der sagenumwobenen Scarlett verbringt«, entgegnete er und ich zuckte mit den Schultern, während Elinore leicht rot wurde.

»Ich schätze, es wird eine sehr schöne Frau sein. Nun, die Dame, der Herr. Sie entschuldigen mich? Eine sehr schöne Kette im Übrigen, meine Liebe. Sie haben einen sehr guten Geschmack«, entgegnete ich verräterisch, ehe ich mich umdrehte und auf die Champagnertafel zusteuerte. Elinores Blick verfolgte mich, während Maxime Morreau ihr etwas ins Ohr flüsterte. Erst dann küsste auch er ihre Hand, um sich ebenfalls zu verabschieden. Elinore schien einen Moment zu hadern, ehe sie mir zum Champagner folgte.

»Darf ich Ihnen ein Glas reichen, junges Fräulein?«, frage ich und sie nickte.

»Ich bin nach Paris eingeladen. Ich kann es noch gar nicht fassen«, antwortete sie und ich lächelte sie an.

»Ich sagte doch bereits, dass ich an Sie glaube«, entgegnete ich. Das Fragezeichen in ihrem Gesicht konnte man kaum übersehen.

»Entschuldigen Sie, sie kommen mir so … bekannt vor«, erwiderte sie und ich grinste.

»Nun, auch wir sind uns schon begegnet. Lass mich Cinderella spielen und mich dir um Mitternacht offenbaren. Wir treffen uns um zwölf am Ausgang, dann wirst du mich erkennen.«

Mit diesen Worten hauchte ich ihr einen Kussmund zu und verschwand. Ich liebte dieses Versteckspiel irgendwie.

Immer wieder kreuzten sich unsere Wege, doch Elinore schien nicht zu erahnen, dass ich mich hinter der Fremden verbergen konnte. Die Kunstwerke der anderen waren nur halb so gut und letztendlich schnitt Elinore als Jahrgangsbeste ab. Es erfüllte mich mit Stolz, dass sie sich so gut geschlagen hatte. Scheinbar war ich kein schlechtes Modell gewesen.

Elinore schien weniger zufrieden und irgendwie nicht ganz bei der Sache.
Ob es wohl an mir lag?

Kurz vor zwölf stand ich im Mantel vor der Tür, die Pumps bereits in der linken Hand, die angezündete Kippe in der rechten.

Maxime Morreau hatte sich zu mir gestellt, mit einem amüsierten Grinsen auf den Lippen.

»Sind sie auch auf der Suche nach jungen Künstlern?«, fragte er mich, während er seine Kippe ansteckte.

»Eher nach einer Künstlerin und die haben Sie vor mir entdeckt«, antwortete ich und er lachte.

»Entschuldigung, aber sie ist einfach eine ganz besondere Person. Sie malt bereits für den britischen Hof. Elinore wird einmal in große Fußstapfen treten oder große Fußstapfen hinterlassen«, entgegnete er. Da konnte ich ihm zustimmen. Sie würde sich Rang und Namen machen. Davon war ich überzeugt.

»Das wird sie in der Tat. Wann geht die Reise los?«, fragte ich ihn, doch er zuckte mit den Schultern.

»Ich schätze, wenn Sie bereit ist in zwei Wochen. Bis dahin dürfte ich alles organisiert haben. Ich hoffe ja sehr, dass sie das Modell dazu gewinnen kann mitzureisen.«

Ich zuckte mit den Schultern. Das Modell hatte nur nie Zeit und würde auch niemals mitreisen. Es hing zu viel daran.

»Ich gehe nach drinnen, darf ich Sie hinein begleiten?«, fragte er mich und ich schüttelte den Kopf.

»Nein, danke. Ich warte noch auf jemanden, um mich dann davon zu schleichen«, entgegnete ich und er lachte ein herzliches Lachen.

»Es war mir eine Ehre, Madame ...?«

»Scarlett«, antwortete ich und er grinste.

»Nun dann, Madame Scarlett. Vielleicht sehen wir uns bald wieder.«

Mit diesen Worten drehte er sic um und verschwand mit wehendem Frack im Inneren.

Elinore zwängte sich gerade in ihre Jacke, als ich den letzten Zug meiner Zigarette nahm. Sie schien bereits ziemlich tief ins Glas geschaut zu haben, denn sie begrüßte mich mit den Worten: »Na, Eure französische Majestät? Mag Cinderella den Schuh wieder anprobieren oder warum habt ihr Euch noch nicht ganz ausgezogen?«

Ich grinste sie an, dann antwortete ich: »Soll ich mich denn ganz ausziehen?«

Provokant und dennoch ... ich mochte dieses Spielchen. Sie grinste mich an, ehe sie abwinkte.

»Ne, danke. Das fände meine Freundin nicht ganz so geil«, entgegnete sie, während mein Grinsen immer breiter wurde. Jetzt wurde es interessant.

»Deine Freundin?«, fragte ich unschuldig und während sie sich zu mir umdrehte, zog ich mir die Perücke vom Kopf.

»Ja, meine Freund...«, wolle sie gerade den Satz beginnen, jedoch verschlug es ihr die Sprache, als sie mich ansah. Mein Plan war gelungen.

»Fuck, Eure Hoheit!«, stieß sie erschrocken aus und ich leckte mir lasziv über die Lippen.

»Dafür sollte ich dir eigentlich den Hintern versohlen. So unschuldig fremd zu flirten, um die ganzen netten Damen abblitzen zu lassen.« Sie sah mich schuldig an.

»Aber ... was tun Sie hier? Ich dachte ...«, stotterte sie, während ich nach ihrer Hand griff.

Unsere Finger verschränkten sich ineinander und ich führte sie fort von der Halle.

»Ich war neugierig. Ich wollte sehen, wer sich so für dein Bild interessiert und wie du deinen Abschluss feierst«, erklärte ich und sie nickte, kuschelte sich näher an meinen Arm.

»Ich hätte gerne gewusst, dass Sie da sind.«

Sie hickste. »Dann hätte ich deutlich weniger getrunken und weniger dummes Zeug gesagt.« Ich grinste und tätschelte ihren Arm.

»Ich weiß«, hauchte ich, brachte sie bis nach Hause. Vor ihrer Wohnungstür hielt sie mich zurück.

»Bitte bleib. Ich möchte nicht allein sein«, hauchte sie und ich spürte ihre Lippen an meinen. Für einen Moment zögerte ich, erwiderte dennoch den Kuss. Es war nicht rechtens. Es gehörte nicht mehr in den vereinbarten Rahmen. Doch seit wann spielten Regeln denn noch eine Rolle? Es ging um Elinore und bei ihr gab es keine Kompromisse.

»Ich bleibe«, sagte ich und sie lächelte, dann folgte ich ihr mit noch immer ineinander verschränkten Fingern in ihre Wohnung.

ELINORE

Prinzessin Charlotte Undercover?
Bürgerlicher Verehrer?
Prinzessin Charlotte wurde gestern Abend
gesichtet, wie sie in ein Haus einer
Studentengegend ging und dieses im
Morgengrauen verließ. Zeugen bestätigen, dass
sie in der letzten Zeit dort häufiger gesehen
wurde. Ist die Verlobung mit Prinz Philipp
geplatzt, weil ihr Herz einem Bürgerlichen
gehört? Wir werden weiter berichten.

Genervt schlug Charlotte die Zeitung zu und fuhr sich durch das noch verstrubbelte Haar. Sie war die ganze Nacht bei mir geblieben, wodurch sie jetzt in einem übergroßen T-Shirt neben mir saß und trotzdem aussah wie eine Königin. Hin und wieder fragte ich mich, was sie wohl tragen musste, um etwas von ihrer angeborenen Anmut zu verlieren.

»Was für eine Lüge! Als ob ich je etwas mit einem Mann anfangen würde«, wetterte sie und ich lächelte milde, »außerdem sitze ich hier ja noch! Wie zur Hölle wollen die gesehen haben, dass ich rausgegangen bin?«

Sie fuhr sich seufzend durch das Haar. Dennoch zierte ein Lächeln ihre Lippen.

»Ich krieg im Palast nur die Hälfte davon mit, was die Presse mal wieder über mich schreibt«, erklärte sie und ich nickte verständnisvoll. Gerade als ich zu einer Antwort ansetzen wollte, flog die Tür auf und ins Schloss.

Ich warf Charlotte einen verzweifelten Blick zu, doch ... zu spät. Pascal stand mit einer Tüte Brötchen im Raum, doch er schien Charlotte gar nicht wahrzunehmen.

Genervt keifte er los: »Weißt du schon das Neuste? Ich soll der Lover von Prinzessin Charlotte sein. Ich wette, das ist wieder einer dieser Streiche von Davies. Als ob es ein

Student packen würde, die Prinzessin abzu...« Doch genau dann begegneten sich sein und Charlottes Blick.

»O mein Gott, Eure Majestät«, stammelte er und zum ersten Mal erlebte ich ihn sprachlos. Ein Wunder. Es hatte ihm noch nie die Sprache verschlagen, seitdem ich ihn kannte. Und das war verdammt lange.

Deshalb konnte ich mir ein Glucksen nicht unterdrücken und auch Charlotte stimmte in mein Gelächter ein. Ich klopfte Pascal auf die Schulter, grinste ihn frech an.

»Darf ich vorstellen. Mein Modell«, entgegnete ich und Pascal starrte mich mit großen Augen an. Vermutlich glaubte er, dass ich ihm gerade den Osterhasen und Weihnachtsmann in einer Person vereint vorgestellt hatte.

»Wie zur Hölle kriegst du die Prinzessin dazu, für dich Modell zu sitzen?«, fragte er und Charlotte streckte ihm ihre Hand entgegen. Zögernd nahm er sie an.

»Nenn mich Charlotte. Ich bin nur eine Freundin deiner Schwester«, erklärte sie und Pascal sah sie unsicher an, »und ich lasse mich gerne von deiner Schwester abschleppen. Aber schön, dass ich meinen vermeintlichen Lover persönlich kennenlernen darf.«

Eine unangenehme Röte schlich über sein Gesicht und ich grinste breit.

Seit Jahren hatte ich endlich die Chance mich so an ihm zu rächen. Darauf hatte ich schon so lange gewartet. Viel zu lange, wenn ich ehrlich war. Schade, dass mir persönlich der Mut dafür fehlte. Charlotte hatte ihn jedenfalls.

»Magst du dich nicht zu uns setzen? Deine Brötchen durften herrlich und ich habe Hunger«, säuselte Charlotte bittersüß und es zog.

Sofort ließ sich Pascal auf dem Platz neben ihr sinken, reichte ihr ohne Aufforderung die Tüte. Sie zwinkerte mir zu, griff nach einem Brötchen und biss hinein.

Pascal brauchte einen Moment, scheinbar war er über ihre Nähe und Anwesenheit noch immer nicht hinweg gekommen, denn während er sich unheimlich langsam sein Brötchen schmierte, sagte er: »Es ist seltsam, neben der Prinzessin zu sitzen.«
Dann warf er mir einen teuflischen Blick zu und ich ahnte Böses.

»Wie seltsam muss es dann erst sein, mit ihr zu schlafen.«
Mir entglitten alle Gesichtszüge. Das konnte nicht sein Ernst sein. Charlotte hingegen grinste und ich wusste, ich hatte zwei

Möglichkeiten. Ich traute ihr zu, dass sie so verdorben war und sich auf Pascals Seite schlug, oder sie half mir aus der Patsche. Sie grinste, dann sagte sie seelenruhig, während sie ihr Brötchen beschmierte. »Es ist inzwischen so normal für sie, dass es vermutlich seltsam wäre, wenn sie mit jemanden Anderes schlafen würde.«

Pascal grinste sie an.

»Du bist echt okay für ne Prinzessin, Charly.« Charlotte grinste, dann nickte sie. Scheinbar war die Mission, die Zuneigung meines Bruders zu gewinnen, geglückt. Jetzt musste sie nur noch unerkannt aus unserer Wohnung verschwinden.

»Meinst du wirklich, dass das klappt, Pascal?«, fragte ich vorsichtig, als mein Bruder mir seinen Plan, Charlotte als Kerl zu verkleiden, um sie so aus der Wohnung zu schmuggeln, vorschlug.

»Warum nicht? Carlos sieht doch voll gut aus, nicht wahr? Ich finde diesen Boyfriend-Look an ihr schon minimal heiß«, entgegnete Pascal, während ich Carlos kritisch beäugte. Charlotte trug eine von Pascals Jeans, die karierte Boxer hin halb heraus und die Jeans wurde von einem Nietengürtel nach oben gehalten. Ihre Haare hatte sie unter einer Cap versteckt und sie trug einen seiner Kaputzenpullis. Alles in allem sah sie wirklich heiß in dieser Kombi aus, das musste ich Pascal schon lassen.

»Es ist doch schön, wenn man mich heiß findet, sobald ich mal in Männerklamotten rumrenne«, sie grinste, ehe sie leicht traurig zu Boden sah.

»Ich hätte gerne meine Haare mal abrasiert, so mit Undercut und vielleicht den Pony in einer auffallenden Farbe. Kurz stände mir sicher gut«, erklärte sie und ich sah sie überrascht an.

Nie hätte ich erwartet, dass Charlotte solche Sehnsüchte hegte. Andererseits konnte ich sie verstehen. Eine Veränderung würde ihr sicher gut tun, aber als Prinzessin war dieser Wunsch beinahe unmöglich.

»Vielleicht liegt das einfach an meiner kaum vorhandenen Jugend. Andere Mädchen konnten sich einfach ausprobieren. Ich weiß, dass mir kurze Haare stehen würden. Aber eine Prinzessin, eine Dame, mit neun Millimeter Undercut? Kommt nicht ganz so gut an bei Hofe.«

»Ich würde dich unterstützen. Wenn du mal jemanden brauchst, der dich zur Kampflesbe macht, komm zu mir«, erklärte Pascal und grinste ihn an, ehe sie ihn in ihre Arme zog.

»Schwägerchen, ich mag dich«, sagte sie und ich lächelte die beiden an. »Lass uns gehen.«
Sie hauchte mir einen letzten Kuss auf die Lippen.

»Wir sehen uns, Eure Hoheit«, verabschiedete ich mich, ehe sie sich umdrehte, um mit Pascal nach draußen zu verschwinden.

Die Reporter versuchten, mit Pascal zu reden und vor allem an Carlos ranzukommen, doch soweit ich das vom Fenster aus beobachten konnte, war Pascal gut darin, die Presse abzuhalten. Er grinste verführerisch in die Kamera, badete sich im Blitzlicht, bis Carlos im Taxi verschwunden war. Dann drückte er sich durch die Menge durch, sprang auf sein Longboard und fuhr in die entgegengesetzte Richtung wie das Taxi davon.

Seufzend wandte ich mich vom Fenster ab und starrte auf die begonnene Zeichnung von Charlotte. Mit einem Grinsen kürzte ich ihre Haare und ließ meiner Fantasie freien Lauf. Dieses Bild würde ihr definitiv gefallen. Es zeigte ihr freies Ich. Ihre wilde, natürliche

Seite. Ich würde es *Freiheit* kennen. Der passende Name für ein Gemälde wie dieses.

Bis Pascal wieder kam, hatte ich das Bild von Charlotte beendet. Ihre Haare hatte ich, wie sie es beschrieben hatte, gekürzt. Die Prinzessin trug einen schwarzen Jumpsuit, stand grinsend an eine Säule gelehnt und ihre Hand in ihre kurzen blonden Haare vergraben. Sie lächelte verführerisch und ich wusste, dass ich dieses Bild niemals aus meinen Händen geben wollte. Pascal ließ sich das erste Mal neben mir nieder, wenn ich zeichnete. Er sagte nichts, doch ich wusste, dass das Thema ihm keine Ruhe ließ. Erst als ich meinen Stift zur Seite legte, suchte er das Gespräch mit mir.

»Du liebst sie, nicht wahr?«, fragte er, doch ich blickte schweigend an ihm vorbei aus dem Fenster. Es hatte begonnen zu regnen. Typisches Wetter für London. Liebte ich sie? Liebte sie mich? Wir hatten nie darüber gesprochen. War es mehr als nur Sex gegen Kunst?
Ich musste nicht darüber reden. Ich wusste was ich fühlte.

»Ja«, hauchte ich und Pascal nickte verständnisvoll.

»Es wird schwer werden für euch«, sagte er, doch ich zuckte mit den Schultern.

»Ich schätze, dass es das wird«, entgegnete ich und er legte mir seine Hand auf die Schulter.

»Wenn du … jemanden brauchst. Ich bin für dich da, Schwesterherz«, sagte er und ich legte meine Hand auf die seine und lächelte ihn dankbar an.

»Ich weiß. Danke, Brüderchen.

CHARLOTTE

»Charlotte! Kannst du mir erklären, was du in dieser Wohnsiedlung zu suchen hast und vor allem - was hat dieser Aufzug zu bedeuten?«, knurrte Vater, der mich leider schon beim Hineinschleichen erwischt hatte. Automatisch zog ich den Kopf ein und kratze mich im freigelegten Nacken.

»Ich war bei Elinore?«, stotterte ich, doch er warf mir einen düsteren Blick zu.

»Und was wolltest du da?«, fragte er wütend. Ich sog scharf die Luft ein.

»Nun, sie hatte Abschluss. Ich wollte sehen, wie ihre Werke sich verkaufen. Letztendlich war es zu spät, um nach Hause zu kommen, also dachte ich mir, ich könnte ja dort, einfach übernachten, schließlich tun andere das ja auch«, rechtfertigte ich mich, doch scheinbar hatte ich die falsche Taktik damit ausgewählt. Sauer schlug er mit der Hand auf den Tisch.

»Schließlich tun das andere auch? Charlotte! Du bist Prinzessin! Du kannst nicht über nach bei anderen - bürgerlichen - Leuten übernachten. Wie kannst du so verantwortungslos sein? Du hast Aufgaben, Pflichten und siehst du? Nun kursiert das Gerücht, du hättest etwas mit einem Bürgerlichen! Seit deine Mutter tot ist, bringst du unserem Haus nur Unglück!«, brüllte er und ich ging automatisch einige Schritte zurück.

Rose, die durch das Geschrei auf den Plan gerufen wurde, kam langsam näher, suchte meine Hand, um mir beizustehen.

»Was ist passiert?«, fragte sie und Vater sah mich wütend an, ehe er sich an Rose wandte.

»Deine Schwester übernachten in Studentenbuden, um der Presse Grund zur Annahme zu geben, sie hätte eine Beziehung mit einem Bürgerlichen. Vermutlich stimmt das sogar noch! Das weiß man bei Charlotte ja nie!«, knurrte er und Rose schluckte.

»Elinore?«, fragte sie vorsichtig und ich nickte.

»Oh«, entgegnete sie, doch Vater stieß frustriert die Luft aus.

»Du solltest weniger Zeit mit dieser Kunststudentin verbringen und dich endlich mal mit den wichtigen Dingen auseinandersetzen. Charlotte, du bist im heiratsfähigen Alter. Deine Mutter hätte gewollt, dass du einen netten jungen Prinzen heiratest, viele Kinder bekommst. Als deine Mutter in deinem Alter war, warst du bereits unterwegs und wir waren glücklich verheiratet. Warum willst du das nicht?«, fragte er und ich spürte, wie der Frust in mir hochkam.

»Ich will ja«, sprudelte es in mir hervor und Vater sah mich positiv überrascht an, was mir umso mehr das Herz brach.

»Aber … ich will keinen Mann«, fuhr ich fort, doch er rollte genervt mit den Augen.

»Papperlapapp. Natürlich willst du einen Mann, du kannst ja schlecht eine Frau heiraten«, entgegnete er und ich schnaubte wütend auf.

»Genau das will ich aber!«, erwiderte ich und die Tränen rannten über meine Wangen.

Es war raus.

Vater sah mich mit großen Augen an, schluckte.

»Ist das wahr?«, fragte er und ich nickte.
»Du bist lesbisch?«, fragte er erneut und seine Stimme war unheimlich ruhig. Erneut nickte ich, während Rose meine Hand nahm.

»Papa, sei doch nicht sauer auf sie. Man liebt eben, wen man liebt«, entgegnete Rose und Vater warf ihr einen finsteren Blick zu.

»Dass du nie etwas gesagt hast. Du wusstest als Bescheid, dass deine Schwester dieser widernatürlichen Vorstellung nachhängt?«, fragte er sie und sie nickte.

»Wer die Liebe nicht ehrt, der ist die Krone nicht wert«, knurrte er. Meine Augen weiteten sich und mir wurde übel. Sollte das etwa heißen, dass ...

»Vater, du willst mich doch nicht etwa verstoßen? Ich ...«, mutmaßte ich, doch er sah mich nur unverwandt an.

»Du bist nicht länger Englands Hoffnung.«
Tränen suchten sich ihren Weg über meine Wangen, verwirrt, verängstigt und traurig riss ich mich von Rose los und hastete in mein Zimmer.

Unter Tränen griff ich nach meinem Handy, suchte nach der einzigen Nummer, die mich zu der Person führen sollte, die mich verstand. Zu Elinore. Doch mehr als ein Besetztzeichen erhielt ich nicht.

»Charly! Lass mich doch rein zu dir«, weinte Rose auf der anderen Seite der Tür, doch ich sank nur auf mein Bett und ließ meinen Tränen freien Lauf. Vater war sauer auf mich und das vermutlich zurecht. Ich hatte ihn zu lange in der Illusion leben lassen, dass ich irgendwann heiraten würde. Ich brachte nur Unglück.

»Charlotte! Bitte rede mit mir. Ich will dir doch nur helfen«, vernahm ich weiterhin die Stimme meiner Schwester, doch ich wollte keine Hilfe. Ich litt allein. So, wie ich es bereits mein ganzes Leben lang tat.

Seit drei Tagen versuchte ich ununterbrochen, Elinore zu erreichen, doch ohne Erfolg. Es war am dritten Abend, als ich mich aus dem Schloss schlich. Vater war ich seit unserer Auseinandersetzung aus dem Weg gegangen, Rose hatte es nach zwei Tagen aufgegeben, mich dazu bewegen zu wollen, dass ich mit ihr reden sollte. Einzig Mary unterstütze mich zumindest soweit damit, dass sie mir regelmäßig - wenn auch schweigend - etwas zum Essen brachte.

Mit schwarzem Kaputzenpulli, schwarzer Jeans und brünetter Perücke sowie Sonnenbrille gewappnet, fühlte ich mich wie ein Einbrecher in einem Film, der durch die Londoner Nacht flüchtete. Ich hoffte so sehr, dass Elinore da war.

Vorsichtig drückte ich auf die Klingel und wartete ab.

»Ja?«, fragte die männliche Stimme und ich seufzte.

»Charly hier. Pascal, kann ich reinkommen?«, fragte ich und es dauerte einen Moment, bis sich die Tür öffnete. Er wartete bereits oben an der Treppe auf mich und sah mich besorgt an.

»Was ist passiert?«, fragte er, doch ich schüttelte den Kopf, während ich ihm nach drinnen folgte.

Die Wohnung war ungewohnt unaufgeräumt und er kratze sich verlegen im Nacken.

»Sorry, seit Elinore nicht da ist, komme ich zu gar nichts mehr«, entgegnete er, während ich fragend den Kopf schief legte.

»Wo ist Elinore?«, fragte ich, doch er sah mich überrascht an.

»In Paris. Seit drei Tagen. Hat sie dir nicht Bescheid gegeben?«, fragte er, doch ich schüttelte den Kopf. Sie war also in Paris. Aber

- sie sollte doch erst viel später nach Paris fliegen?

»Wollte sie nicht erst nächste Woche nach Paris?«, fragte ich, doch er zuckte mit den Schultern.

»So 'n komischer Franzose meinte, es gäbe Leute, die Interesse an ihren Werken haben. Er würde ihr sofort den Flug zahlen, wenn sie kommen würde. Es wäre ein mega Deal«, erklärte er. Ich seufzte tief. Maxime.

»Aber was ist passiert? Du flüchtest nicht umsonst nachts aus dem Palast«, fragte er.

Seufzend suchte ich nach den Worten um ihm von meinem Outing zu erzählen.

»Oh verdammt«, sagte er, als ich meine Geschichte erzählt hatte.

»Kannst du laut sagen«, seufzte ich. Er war mir eine Decke zu.

»Du kannst, wenn du magst, vorerst da bleiben. Elis Bett ist ja frei ... und ich glaub du brauchst erst einmal ein Bier und ne Runde Wrestling. Ablenkung tut dir sicher gut«, entgegnete er und ich zögerte einen Moment.

Allein bei einem wildfremden Kerl?

Andererseits ... es war Pascal und ich vertraute ihm. Schließlich war er Elinores Bruder.

Er drückte mir eine Flasche Guinness in die Hand und ließ sich neben mir auf die Couch sinken.

»Da, nimm die Decke. Euch Weiber friert es ja sowieso meistens«, entgegnete er.

Grinsend deckte ich mich zu. Tatsächlich traute ich mich sogar, vorsichtig meinen Kopf an seine Schulter zu lehnen, um dann gemeinsam meinen ersten Wrestling-Kampf im Free-TV zu schauen.

»Weißt du, wann Elinore zurückkommt?«, fragte ich ihn, während ich mit der Decke umschlungen mich auf den Weg in Elinores Zimmer machte. Er schüttelte deprimiert den Kopf.

»Keine Ahnung. Es ist voll seltsam, dass sie sich nicht bei dir meldet. Normalerweise meldet sie sich doch wegen jeder noch so kleinen Sache«, entgegnete er und ich zuckte mit den Schultern

»Vielleicht ist sie beschäftigt, oder ihr Netzt funktioniert da nicht«, erklärte ich und er nickte erneut.

»Schlaf gut, Charly«, sagte er, warf mir ein herzliches Lächeln zu, als ich bereits in Elinores Zimmertür stand.

»Du auch, Pascal.«

Mit diesen Worten schloss ich die Tür hinter mir und ließ mich auf ihr Bett sinken. Es roch nach ihr und als ich in ihre Schlafklamotten schlüpfte, fühle es sich für einen Moment an wie eine innige Umarmung.

»Ich liebe dich, Elinore«, hauchte ich in ihr Kissen, schloss meine Augen, um kurz darauf in einen festen Schlaf zu sinken.

ELINORE

Paris. Die Stadt der Liebe. Der Eiffelturm, ihr Wahrzeichen. Es hatte mich nie verwundert, dass alle Künstler sich nach der Stadt sehnten, doch nun wo ich da war, sehnte ich mich immer mehr nach dem unbeständigen Wetter Englands und der Hektik der Londoner Innenstadt. Paris hatte ein beschissenes Handynetz, war groß, dreckig.

Von der hochgepriesenen vermeintlichen Romantik spürte ich nichts.

Maxime Morreau hatte mich am Flughafen abgeholt, mich zu meinem Hotel begleitet, um danach den perfekten Kavalier zu spielen und mich durch Paris geführt. Alles in allem hätte mein Aufenthalt in Paris schön werden können. Ich war hier, um meine Kunstwerke den Verkäufern vorzustellen, vermutlich würde ich den Deal meines Lebens abschließen und Alfonso würde aus allen Wolken fallen.

Dennoch war mein Kopf nicht bei der Sache. Seit ich in Paris war, hatte ich jeglichen Kontakt zu Charlotte verloren. Sie saß in London, womöglich im Palast und ich hatte keine Ahnung, wie es ihr ging. Ihr Vater würde vermutlich von der Sache mit dem Bürgerlichen Wind bekommen haben. Mich hätte interessiert, wie Charlotte sich herausreden wollte. Es würde immer schwerer für sie werden, so viel stand fest.

»Man bietet dir vier Millionen Euro für die gesamte Serie«, erklärte mir Maxime, während er den Kragen meines Blazers richtete und mich zufrieden angrinste.

Vier Millionen Euro war viel Geld. Zu viel Geld.

»Du verpflichtest dich damit, keine weiteren Bilder mehr von diesem Modell zu zeichnen und zu verkaufen«, erklärte er und ich nickte.

»Gut, dann können wir ja jetzt nach drinnen«, sagte er grinsend, ehe er mich in den Raum voller Menschen schob.

Ein älterer Herr saß im Anzug am Tisch, deutete mir mit einer Handbewegung an, dass wir uns setzen sollten.

»Madame, Monsieur«, begrüßte er mich und Maxime. Ich erwiderte seine Begrüßung mit einem freundlichen Lächeln.

»Ihre Bilder sind Wunderwunderwerke, Madame«, entgegnete er und ich spürte wie die Röte mir ins Gesicht schoss. »Erotisch, ausgefallen und genau das, was ich für meine Villa suche«, erklärte er und ich nickte. »Nur ein Mann, der keine Frau begehrt, kann die Schönheit des weiblichen Körpers erkennen«, fuhr er fort und Maxime lächelte mich an.

»Ich biete ihnen vier Millionen Euro für diese Werke. Damit haben Sie ein mehr als geeignetes Startkapital für weitere Werke. Darf ich erfragen, wer das Modell ist?«, fragte er und die Antwort kam wie aus einem Mund von Maxime und mir.

»Ja.«

»Nein!«

Wütend sah ich ihn an. Wir hatten ganz klar ausgemacht, dass über das Modell kein Ton verloren wurde.

»Es ist eine Freundin von mir und sie bat mich bezüglich ihres Namens diskret zu sein und dieser Bitte komme ich gerne nach«, entgegnete ich.

Maxime warf mir einen finsteren Blick zu.

»Nun, denn ich verstehe. Es wird den Preis des Gemäldes natürlich nicht schmälern. Es hätte es nur vielleicht um einiges erhöht, wenn Maximes Vermutung sich bestätigt hätte, dass es sich hierbei um die Prinzessin Charlotte handelte«, erwiderte der Käufer und sah mich durchdringend an. Ich bemühte mich, mit keiner Wimper zu zucken. Keine Bewegung zu machen, die Charlotte enttarnen könnte.

Verdammt, Maxime war gut.

Doch woher wusste er es?

»Ich gebe ihre Identität nicht bekannt. Sie werden die Bilder dennoch kaufen?«, fragte ich möglichst seriös. Mein Gegenüber grinste wissend.

»Natürlich werde ich das. Vielen Dank, Madame. Sie werden es nicht bereuen«, sagte er und schob mir den Scheck entgegen. Vorsichtig steckte ich ihn ein, ehe ich zu Maxime sah.

»Vielen Dank für die Beratung. Sie kümmern sich um den Transport der Bilder?«, fragte ich an Maxime gewandt und er nickte. Ich schnappte meine Handtasche und drehte mich um. Mit zitternden Beinen verließ ich das Café. Maxime folgte mir nicht.

Als ich am Abend bereits vor dem Koffer saß und packte, klopfte Maxime an meiner Tür.

»Madame Elinore. Lassen Sie mich doch bitte herein«, bat er und ich erhob mich seufzend. Er wusste, dass Charlotte mein Modell war. Er wollte damit Profit schlagen. Ich wollte ihm nicht einmal unter die Augen treten.

Dennoch stand er vor meiner Tür und hielt einen Strauß Rosen im Arm.

»Ich bin nicht so der Freund von Blumen«, begrüßte ich ihn kühl und er lächelte.

»Sie sind nur eine kleine Entschuldigung. Dafür, dass ich Ihr Geheimnis ausgeplaudert habe«, entgegnete er. Ich warf ihm einen finsteren Blick zu.

»Woher wissen Sie ...«, stotterte ich und er lächelte milde.

»Ich wollte sie einmal zeichnen. Sie war nicht sehr begeister. Auch diese mysteriöse Dame auf ihrer Abschlussausstellung. Ich bin gut darin, mir Bewegungen von Menschen einzuprägen und Prinzessin Charlotte besitzt eine so grazilen und dennoch selbstbewussten Gang, dass ich sie immer wieder erkennen würde.«

»Ich will aus ihrem Namen keine Profit schlagen«, gab ich kühl zurück und er lächelte.

»Natürlich nicht. Sie sind von Kopf bis Fuß in die Prinzessin verliebt. Woran scheitert es?«, fragte er. Für einen Moment glaubte ich, ehrliches Interesse in seinen Worten und seinem Blick zu erkennen. Ich zögerte. Sollte ich es ihm überhaupt sagen? Konnte ich es ihm sagen? Maxime lächelte mich aufrichtig an und ich seufzte.

»Sie ist eine Prinzessin. Ich bin eine Künstlerin. Ich habe ihr nichts zu bieten«, erklärte ich und er rollte mit den Augen.

»Sie können ihr auf jedenfall genau das bieten, was sie gerne möchte. Prinzessin Charlotte würde niemals für jemanden Modell sitzen, der ihr nichts zu bieten hat. Ich schätze sie als Frau ein, die ihren Partnerinnen gerne auf Augenhöhe begegnet. Sie sind eine selbstbewusste junge Frau, Elinore. Beweisen Sie es sich selbst, damit auch Ihre Beziehung zu Prinzessin Charlotte eine Chance hat«, erklärte er und ich sah ihn für einen Moment unsicher an.

Selbstbewusst? Ich und selbstbewusst? Wenn es darum ging, dann konnte Charlotte lange warten.

»Zögern Sie nicht und zweifeln Sie nicht, Madame Elinore. Sie sind eine junge Frau, Sie wissen, was Sie wollen. Zeigen Sie genau das der Prinzessin, dann wird sie ihre Liebe erwidern. Es war schön, Sie in Paris begrüßen zu dürfen, Fräulein Elinore. Ihre Tickets sind gebucht. Das Taxi bringt Sie morgen zum Bahnhof. Wecken Sie die Frau, die Sie in sich tragen. Finden Sie Ihre Weiblichkeit. Dann wird auch Ihre Liebe ein Meisterwerk«, erklärte er. Ich nickte und er küsste mich links und rechts auf die Wange, ganz gemäß der französischen Verabschiedung, ehe er sich umdrehte und verschwand.

Kaum war ich zurück in England, hatte ich Netz. Ich griff nach meinem Handy und wählte Charlottes Nummer. Doch ... vergebens. Es ging nur der Anrufbeantworter ran. Wo steckte sie?
Ich rief Pascal an, der sofort nach dem zweiten Klingeln abnahm.
»Kannst du dich nicht bei deiner Freundin melden, BEVOR du nach Paris verschwindest? Charlotte hat sich verdammte Sorgen gemacht und hätte dich gebraucht. Aber nein - Madame ist ja in Frankreich!«, fuhr er mich an, kaum, dass er abgenommen hatte.

»Du hast mit Charlotte gesprochen?«, fragte ich erstaunt, doch er schnaubte genervt in den Hörer.

»Gesprochen. Ich hab sie beherbergt. Ihr ging es so dreckig, dass sie freiwillig zu einem Freund in die USA geflohen ist, weil ihr Vater sie nicht versteht. Verdammt Elinore, Charlotte hat sich vor ihrem Vater als lesbisch geoutet. Der Hof spielt deshalb total verrückt. Wenn das die Presse einmal erfährt«, erklärte er und ich sog überrascht die Luft ein. Charlotte hatte sich geoutet? Vor dem König. Vor ihrem Vater.

»Weiß man schon, wann sie wiederkommt?«, fragte ich Pascal, doch er schnaubte bloß erneut.

»Keine Ahnung. Du hieltst es ja auch nicht für sinnvoll, dich bei deiner Freundin zu melden. Redet miteinander, vielleicht werdet ihr ja endlich einmal eine Lösung für eure Probleme finden, ich für meinen Teil muss jetzt weiter. Du kannst dir ja ein Taxi nehmen, sofern du mehr als ein paar Groschen für deine Bilder erhalten hast.«

Mit diesen Worten legte Pascal auf. Ein tiefes Seufzen entfuhr mir. Das klang alles andere als gut. Wenn Charlotte in die USA geflüchtet war, dann musste am Hof die Hölle vor Ort sein. Sofort überkam mich ein schlechtes Gewissen. Es wäre meine Aufgabe gewesen, für sie da zu sein, aber so ... Ich hatte keine Ahnung, wie ich ihr so helfen sollte.

CHARLOTTE

»Smith«, sagte die ruhige Männerstimme am anderen Ende der Leitung und ich hörte für einen Moment auf zu atmen. Ich hatte nicht erwartet, dass er rangehen würde. Wenn man es genau nahm, hatte ich auch gar nicht vorgehabt, ihn überhaupt anzurufen. Es war so eine typische Handlung aus der Verzweiflung heraus.

»Hallo?« Ich räusperte mich, dann sagte ich, so selbstbewusst ich konnte: »Entschuldigen Sie, Prinzessin Charlotte hier. Spreche ich mit Jonathan Smith?«

Sein warmes Lachen erklang am anderen Ende der Leitung.

»Ja, Jonathan Smith wie er lebt und lacht. Was kann ich für Sie tun, Eure Majestät?«, entgegnete er und ich holte tief Luft.

»Können Sie mich nach Chicago holen, Mister Smith?« Er lachte erneut sein herzliches Lachen. Ein Schmunzeln schlich sich auf mein Gesicht. Es war schön, dass es Menschen gab, deren Leben so unbeschwert schien.

»Nichts leichter als das, Eure Majestät.«

»Du wirst zu Mister Smith nach Chicago reisen? Was für eine fabelhafte Idee«, sagte Vater, als ich ihm mit gepackten Koffern meine Plan eröffnete.

»Mister Smith ist so ein vielseitiger Mann. geh nur, das ist die beste Idee seit Monaten von dir. Vielleicht kriegst du dort den Kopf frei von deinen ...«, er zögerte, »Fantasien.«
Ich seufzte. Im Klartext sollte es heißen: Ich hoffe, meine Tochter, dass du dich dort enthomotisierst, dich verliebst, als stock-heterosexuelle Tochter zurückkommst, heiratest, Kinder bekommst und mein Land regierst. Wenn es nur so einfach wäre, wie Vater es sich vorstellte.

Mein Plan war es eher, mir Stadt, Land und Leute anzuschauen, um mir ein Bild davon zu machen, ob ich mit Elinore dorthin auswandern konnte. Weit weg von allem, was unsere Liebe belasten könnte. Einen Neuanfang starten, weit weg vom Thron sowie dem Hofzeremoniell. Rose schien als Einzige meine eigentlichen Gedanken zu verstehen, denn sie zog mich in ihre Arme.

Sie roch nach Wildrose und mein Herz wurde schwer. Ein Abschied von ihr würde mir unheimlich schwerfallen.

»Ich hoffe, du findest dort, was du suchst.« Ich drückte sie noch einmal, verneigte mich vor Vater und drehte mich um. Der Fahrer wartete bereits auf mich. Er würde mich direkt zum Flughafen bringen. Noch während das Flugzeug startete, schickte ich eine Nachricht an Pascal.

»Bin für ein paar Tage, vielleicht auch länger in Chicago. Sag Elinore, sie soll sich keine Sorgen machen. Ich komme wieder.«
Es dauerte einen Moment, bis seine Antwort kam.

»Mach ich. Ich trete ihr für dich in den Hintern, dafür, dass sie sich noch nicht bei dir gemeldet hat.«

Grinsend steckte ich das Handy in die Tasche, schloss die Augen und sank in einen tiefen, erholsamen Schlaf.

Erst als wir landeten, schlug ich die Augen auf. Jonathan Smith erwartete mich bereits in der Empfangshalle mit einem Strauß Blumen auf dem Arm.

»Es freut mich, dass Sie hier sind, Eure Majestät«, erklärte er und ich grinste.

»Danke, dass Sie mich aufnehmen, Mister Smith.« Er machte mit seiner Hand eine wegwerfende Bewegung, reichte mir seinen Arm, um mich bei ihm unterzuhaken.

»Es ist mir eine Ehre. Zudem brenne ich darauf, zu erfahren, was vorgefallen ist seit unserer letzten Begegnung.«

Kichernd hakte ich mich bei ihm unter und folgte ihm.

Jonathan Smith wohnte in einer Villa am Stadtrand. Sie war modern, hell und entgegen meiner Erwartung nicht schwarz-weiß. Er grinste breit, als er mir die Tür aufschob und ich den langen Flur betrat.

»Wow, ich war noch nie in einer Villa. Danke, dass ich hier sein kann, Mister Smith. Ein Hotel wäre mir ziemlich einsam vorgekommen, schätze ich«, erklärte ich, während ich aus meinen Pumps schlüpfte, um barfuß im Jumpsuit das Wohnzimmer zu betreten.

»Setzen Sie sich auf die Couch. Möchten Sie ein Glas Wein?«, fragte er und drückte auf eine Fernbedienung, woraufhin leichter Jazz den Raum erfüllte.

»Haben Sie auch etwas Stärkeres?«, fragte ich hoffnungsvoll. Ein Grinsen zierte sein Gesicht.

»Whiskey?«, erwiderte er, während er eine kleine Minibar öffnete.

»Wäre traumhaft«, entgegnete ich und er kam mit zwei Gläsern Whiskey on Ice zurück. Seufzend ließ er sich neben mir auf die Couch sinken.

»Nun, was bringt die britische Thronfolgerin dazu, aus ihrem eigenen Land zu fliehen?«, fragte er, während ich schweigend an meinem Whiskey nippte.

»Ich habe mich vor meinem Vater als das geoutet, was ich bin«, erklärte ich und er nickte verständnisvoll.

»Ich schätze, er war nicht sehr begeistert davon, dass seine Tochter nicht am männlichen Geschlecht interessiert ist?«, erwiderte er mit einer Gegenfrage.

»Natürlich war er alles andere als begeistert. Er wollte mich mit Prinz Philipp aus dem schwedischen Königshaus verheiraten«, erklärte ich und er nickte verstehend.

»Ich habe davon gelesen. Woran scheiterte die Verlobung denn konkret?«, fragte er interessiert und ich seufzte.

»Daran, dass Prinz Philipp nicht mich, sondern meine Schwester liebt.«

»Oh, das ist natürlich hart«, sagte er. Ich zuckte unbeteiligt mit den Schultern.

»Mir ist es recht. Ich will nur Elinore, aber … ich bin ein Vogel, gefangen im goldenen Käfig und sie ist jung, ungebunden und frei.«

Wir schwiegen einen Moment, während wir beide an unseren Gläsern nippten.

»Was wäre denn, wenn Sie Elinore einfach ihrem Vater vorstellen?«, fragte er und ich sah ihn an, wie ein Reh im Scheinwerferkegel.

»Er würde sie vom Hof jagen und mich vermutlich gleich hinterher. Er hofft, dass ich hier in den Staaten, den Mann meines Lebens finde und ihm erkläre, dass ich hetero bin. Im Idealfall komme ich gleich schwanger zurück nach England.«

Er verzog sein Gesicht, nippte jedoch erneut schweigend an seinem Getränk.

»Ich verstehe, dass es schwer ist, Eure Majestät. Aber wissen Sie, was ich und auch die Amerikaner schon immer an Ihnen bewundert haben? Sie sind eine junge, bildhübsche und so selbstbewusste Frau. Sie halten sich nicht an Regeln und kämpfen dafür, wenn Sie etwas wollen. Sie wollen doch Elinore, oder etwa nicht?«, fragte er mich und ich nickte.

»Natürlich will ich sie. Ich liebe sie«, erwiderte ich und er grinste mich an.

»Zeigen Sie ihr, dass Sie sie lieben und kämpfen Sie für Ihr Mädchen.« Ich nickte. Er hatte recht.

»Darf ich trotzdem erst noch ein paar Tage hierbleiben?«, fragte ich vorsichtig.
Jonathan Smith grinste mich an.

»Ich würde Ihre Gesellschaft doch schmerzlichst vermissen, Eure Majestät.«
Ich grinste, dann streckte ich ihm meine Hand entgegen.

»Nennen Sie mich Charlotte.«
Er grinste und hielt mir seine Hand entgegen.

»Jonathan. Es ist mir eine Ehre, Charlotte.«

»Wohin gehen wir?«, fragte ich Jonathan, als wir vor einem Club anhielten.

»Ich dachte, ich bringe Sie heute auf andere Gedanken, Eure Majestät.«

Ich zog neugierig eine Augenbraue nach oben und legte den Kopf schief.

»Ein Tanzschuppen?«, fragte ich.

Als Antwort nickte er mir zu.

»Sie haben im *Red Devil* gearbeitet. Ihnen sollten zwielichtige Etablissements doch bekannt sein, Charlotte. Außerdem - vergessen Sie für ein paar Stunden einfach alle Rechte und Pflichten. Sie können den Abend einfach genießen«, sagte er, nahm meine Hand und zog mich mit hinein.

Der Schuppen war klein und der Mittelpunkt war eine kleine Bühne auf der Käfige, eine Stande dem Etablissement einen besonderen Reiz brachten. Eine blauhaarige Tänzerin wand sich um die Stange zu einem Remix von Linkin Park »In the End«, soweit ich das erkennen konnte.

Sie war wunderschön. Ihre Bewegungen waren anmutig und aufreizend. Faszinierend.

In der ersten Reihe saß ein brünettes Mädchen mit lockigem Haar, das mich im ersten Moment an Elinore erinnerte, wenn sie gerade aufgestanden war. Auch wenn Elinore eher Wellen als Locken hatte.

Der Blick des Mädchens, der auf der Tänzerin haftete, sagte mehr als tausend Worte. Diese zwei gehörten zusammen. Ob es wohl jemanden auffallen würde, wenn Elinore mich so ansehen würde?

Ich starrte einen Moment zu lange auf das Mädchen, denn sie drehte sich um und winkte mir zu, doch ich schüttelte nur den Kopf und verschwand zur Bar. Die Musik stoppte, die Menge tobte, der Applaus verstummte erst Minuten später. Die Tänzerin sprang von der Bühne und - tatsächlich. Ihre Lippen fanden die der jungen Frau in der ersten Reihe. Ich sah einen Moment zu lange auf die beiden, fühlte mich wie eine Stalkerin, dann ... Verdammt, sie kamen näher. Beschäftigt wandte ich mich meinem Drink zu. Die Blauhaarige ließ sich neben mir auf dem Hocker sinken, zog ihre Freundin auf ihren Schoss.

Ich umklammerte mein Glas. Es tat weh zu sehen, wie andere so glücklich waren, während meine Liebe in England saß.

Jonathan hatte sich derweil mit einem Kerl festgeratscht und schien mich ausgeblendet zu haben.

Die Blauhaarige musterte mich einen Moment, scheinbar überlegte sie, wo sie mich hinstecken sollte. Ich rollte mit den Augen und nippte an meinem Sex on the Beach.

»Nette Performance«, sagte ich ehrlich. Ihr Grinsen war beinahe gehässig.

»Sie sind weit von London entfernt, Charlotte.«
Ich zuckte mit den Schultern.

»Hin und wieder engt England ein. Sie sprechen ein ziemlich gutes britisches Englisch. Längerer Aufenthalt in London?«, fragte ich neugierig und sie nickte.

»Ein Jahr.«
»Ich wünsche Ihnen beiden viel Erfolg. Viel Glück in Ihrer Beziehung. Vielleicht kreuzen sich unsere Wege ja einmal wieder«, erwiderte ich, griff nach meinem Sex on the Beach und gesellte mich zu Jonathan.

»Nette Unterhaltung?«, fragte er mich, während wir uns setzten.

»Ja«, antwortet eich mit einem Grinsen zu den beiden Mädchen.

»Ich muss bald nach London zurückkehren. Ich muss mit Elinore sprechen. Es bringt nichts, das Thema tot zu schweigen. Danke, Jonathan. Für alles.«
Er grinste mich an, unsere Gläser erklangen, als wir anstießen.

»Du bist jederzeit willkommen, Charlotte.«

»Aber bevor ich gehe habe ich noch etwas vor«, erklärte ich Jonathan als ich ihn in einen kleine Friseursalon in der Nähe des Flughafens zog. Ich hatte ihm noch in der Bar von meiner Idee erzählt die Haare schneiden zu lassen und Jonathan hatte mich für verrückt gehalten.
Bis jetzt.

»Und du bist dir ganz sicher?«, fragte mich der Friseur und ich nickte, während ich Jonathan grinsend fixierte.

»Tun Sie es«, sagte ich. Er nickte und setzte den Rasierer an.

ELINORE

»Bin wieder in London. Lust auf ein gemeinsames Abendessen?«

»Pascal! Charlotte ist wieder in London!«, rief ich durch die Wohnung und mein Bruder kam gähnend aus seinem Zimmer.

»Ah ja, und das ist ein Grund, so einen Radau zu veranstalten?«, fragte er genervt, während er zur Kaffeemaschine tapste.

»Natürlich ist das ein Grund! Was soll es denn sonst sein? Ich hab sie so lange nicht mehr gesehen und ...«, schwärmte ich, doch Pascal schien es nicht zu interessieren.

»Worauf wartest du dann noch? Geh zu ihr, wenn du sie so vermisst hast«, entgegnete er und ich grinste, schlüpfte in meine Sneakers, griff nach der Lederjacke und hastete die Treppen hinunter.

»Der Italiener ums Eck bei dir soll gut sein. Sehen wir uns gleich dort?«, fragte sie in einer neuen Nachricht und strahlend tippte ich ihr ein »Ja!« zurück.

»Ich werde auf dich warten«, antwortete sie und ich beeilte mich, um Charlotte endlich wiederzusehen.

Als ich den Raum betrat, wurde ich von einem jungen Italiener begrüßt und zu einem Tisch für zwei geleitet. Doch Charlotte war noch nicht da.

»Wo bist du?«, schrieb ich, doch sie war nicht online.

»Darf ich Ihnen etwas zum Trinken bringen?«, fragte mich der Italiener, doch ich schüttelte den Kopf. Gerade als ich etwas erwidern wollte, vernahm ich die vertraute Stimme Ihrer Hoheit hinter mir.

»Eine Flasche Champagner bitte«, hauchte sie, ehe sie sich mir gegenüber sinken ließ. Sie trug einen dunkelgrauen Jumpsuit, der von einem Gürtel geziert wurde. Doch ihre Haare fielen mir sofort ins Auge. Überrascht schnappte ich nach Luft. Hatte sie sich wirklich getraut?

»Du hast ... sie geschnitten?«, sprach ich das Offensichtliche aus und sie lachte.

»Wenn ich schon meinen Vater schocke, wollte ich es schon richtig. Ich hole meine Jugend nach und ...« Sie strich sich durch das Haar, den pinken Pony zurück.

»Es ist so angenehm. Man fühlt sich, als würde man Tonnen von Gewicht verlieren.«

»Es steht dir. Es ist nur ...«, erklärte ich und sie lächelte.

»Ungewohnt. Ich weiß. Aber ich brauche diesen neuen Look. Ich möchte mich nicht verstecken, Elinore. Ich will leben. Ich will frei sein. Die Tage in Chicago waren der Traum. Es war so viel einfacher, weil mich kaum jemand dort beachtete«, erklärte sie und ich nickte verständnisvoll. Ein Leben als Prinzessin war Charlottes persönlicher Zwang Der Käfig, aus dem sie nicht entkommen konnte. Sie war eine leidenschaftliche Rebellin und sie in Ketten zu legen, war das Schlimmste, was man ihr antun konnte.

»Wie war Paris? Konntest du deine Werke verkaufen?«, fragte sie mich und ich nickte.

»Vier Millionen Euro«, antwortete ich und sie sah mich überrascht an.

»Das ist ein Haufen Geld«, erwiderte sie und ich zuckte mit den Schultern.

»Es ist mehr der emotionale Verlust meiner Werke, als der finanzielle Gewinn, der mich beschäftigt.« Sie nickte verständnisvoll.

»Würdest du mit mir nach Chicago ziehen?«, fragte sie mich überraschend.

Mein Blick entgleiste mir, während die Übelkeit in mir Aufstieg. Chicago? Aber Pascal?! Ich konnte ihn nicht allein lassen. Noch nicht.

Ich schluckte, schüttelte sanft den Kopf.

Enttäuscht blickte Charlotte auf ihren Teller und ich griff nach ihrer Hand.

»Es liegt nicht an dir. Aber ... ich kann hier nicht weg, solange Pascal noch studiert, versteh das doch. Du ... du bist noch nicht frei«, versuchte ich, ihr zu erklären, doch das Lächeln, das sie aufsetzte, erreichte ihre Augen nicht. Ein trauriger Schimmer lag in ihnen.

»Ja, schon klar«, entgegnete sie und ich seufzte.

»Charlotte, du musst mit deinem Vater reden. Ihr müsst eine Lösung finden. Du Rose und dein Vater. Ihr seid eine Familie«, erklärte ich, doch sie schüttelte nur den Kopf.

»Ich bezweifle, das es für uns je eine Lösung geben wird«, entgegnete sie. Mit meinem Daumen zog ich sanfte Kreise über ihren Handrücken. Sie lächelte mich an und schweigend warteten wir ab, bis das Essen serviert wurde.

Als wir das Restaurant verließen, war es draußen bereits dunkel. Charlotte nahm meine Hand und lächelte mich sanft an.
»Überleg es dir dennoch bitte, Elinore«, sagte sie, ehe ich ihre Lippen auf den meinen spürte, die sie sanft berührten und mich küssten. Ich erwiderte ihren Kuss, vertiefte ihn. Ehe sich unsere Wege für den Abend trennten.

Prinzessin Charlotte mit neuer Frisur! Hinweis auf ihre sexuelle Orientierung?

Prinzessin Charlotte wildknutschend mit Kunststudentin erwischt. War das der Grund für die geplatzte Verlobung?

Königshaus im Wandel? Prinzessin lesbisch?

Fake oder Nicht-Fake: Küsst Prinzessin Charlotte tatsächlich eine Frau?

Bekommt England bald Königin und Königin?

Ziert die Regenbogenflagge nun bald den Buckingham Palast?

Wann kommt das Statement zur sexuellen Orientierung unserer Prinzessin?

»Schwesterherz? Du bist in der Zeitung«, klang es dumpf durch die Tür meines Schlafzimmers.

»Was zur Hölle redest du da?«, fragte ich Pascal, während ich mich streckte und in meinen Bademantel hüllte. In der Zeitung. Das ich nicht lachte. Was zur Hölle sollte ich in der Zeitung zu suchen haben?

Genervt öffnete ich die Tür und das Erste was ich sah, waren die verschiedensten Zeitungen, die alle ein Bild von mir und Charlotte zeigten. Fuck.

»Ihr hättet euch nicht nen anderen Ort suchen können um rumzuknutschen. Müsst ihr so was in der Öffentlichkeit machen, wenn ihr doch genau wisst, dass die Presse hinter Charlotte her ist?«, kam es von Pascal, der sich gerade einen Kaffee einschenkte.

»Wie zur Hölle soll ich erklären, dass meine Schwester die Prinzessin vögelt? Das hier ist eindeutig. Meinst du, Charlotte hat es schon gesehen?«, fragte er und im selben Moment vernahm ich, wie es lautstark an unserer Tür klopfte. Verwirrt schaute ich ihn an, ehe Pascal die Tür öffnete und ein königlicher Botschafter in unserem Wohnzimmer stand.

»Elinore? Sie werden gebeten, uns in den Palast zu begleiten«, sagte er und ich warf Pascal einen unsicheren Blick zu.

»Kann Sie es auch verweigern?«, fragte er.
Der Bote blickte ihn finster an.

»Nein. Der König persönlich möchte mit ihr sprechen. Ziehen Sie sich bitte etwas an und folgen Sie mir«, sagte er streng und ich nickte, verschwand in meinem Zimmer, streifte mir die schwarze Jeans und die Bluse über. Dann schlüpfte ich in meine Pumps um dem Boten zu folgen.

Draußen vor unserem Haus standen bereits die Paparazzi. Mit den Händen umklammerte ich fest die kleine Handtasche und bereute die schwarz-weiße Farbkombi, denn ich fühlte mich wie ein Krimineller auf dem Weg in den Knast. Ich schaute ein letztes Mal zu Pascal, der mich vom Wohnzimmerfenster verfolgte, ehe ich in den Wagen stieg.

Wer wusste schon, ob ich meinen Bruder jemals wiedersehen würde oder ob mich der König nicht gleich in den Kerker werfen würde.

»Eure Majestät, wir präsentieren Euch die Angeklagte«, so oder so ähnlich hätte der Satz in meinen Ohren klingen sollen. Stattdessen sagte niemand etwas. Der König saß auf seinem Thron und sah mich mit erstem Gesicht an. Rose saß neben ihm und Charlotte - wo war Charlotte?

»Sie führen also eine Beziehung mit meiner Tochter?«, fragte er direkt. Ich schluckte. Lügen brachte mich nicht weiter, also setzte ich zur Antwort an.

»Ja, Euer Ehren.« Rose lächelte mich zufrieden an, aber ich wusste, dass mir Roses Zustimmung nichts brachte. Der König war gegen mich.

»Seit wann?«, fragte er und ich zögerte einen Moment. Seit wann? Zählte der Moment unserer ersten Begegnung oder der Tag, an dem ich erfuhr, dass Scarlett Prinzessin Charlotte war?

»Seit längerer Zeit. Unsere Beziehung begann kurz nach dem ersten Porträt von Ihrer Hoheit«, antwortete ich stattdessen, vermutlich, weil es der beste Tag war, es vor Fremden zu benennen, und ein Angestellter des Hofes notierte es sich. Beinahe wie bei einem Verhör. Vermutlich war es auch nichts anderes als das.

»Sie wissen, dass ich diese Beziehung in keinsterweise dulden werde?«, fragte er und ich nickte erneut.

»Sehr gut. Sie werden sich von Prinzessin Charlotte nun fernhalten. Es ist Ihnen nicht gestattet, sich der Prinzessin zu nähern oder mit ihr zu sprechen. Sollten Sie es dennoch tun, so werden wir härtere Mittel einsetzen müssen, haben Sie mich verstanden?«, fragte der König und ich nickte.

»Antworten Sie gefälligst.«
Ich sah zu Boden, ehe ich spürte, wie eine Tränen den Weg über meine Wange fand.

»Ich habe verstanden«, sagte ich, doch meine Stimme war von Tränen erstickt.

»Bringt Sie mir aus den Augen«, sagte der König und mit diesen Worten wurde ich aus dem Palast hinausgeführt, direkt an Charlottes Gemächern vorbei.

CHARLOTTE

»Du hast Elinore hierher zitiert?«
Fassungslos starrte ich meinen Vater an.

»Du meinst diese Lesbe, die meine Tochter verführt hat? Ja und du wirst sie nie wieder sehen, haben wir uns verstanden Charlotte?«, erwiderte mein Vater und ich schüttelte den Kopf.

»Nein, Vater! Ich liebe sie! Hättest du es in Ordnung gefunden, wenn man dich von Mutter getrennt hätte?«, fragte ich und fuhr mir wütend durch das Haar.

»Deine Mutter wurde mir bereits genommen! Charlotte, sei doch vernünftig Ich dachte, du fliegst nach Amerika, weil dir etwas an Mister Smith liegt und was passiert? Du lässt dir deine

Haare schneiden, färbst sie und stürzt unsere Familie in einen Skandal. Was soll ich der Presse sagen? Weißt du es? Sag es mir!«, brüllte er und ich sah Rose an. Langsam, bedrohlich drehte ich mich um. Ich hatte genug von dem Ganzen.

»Ich werde mit der Presse reden. Ich werde ihnen bestätigen, dass ich lesbisch bin, dass ich eine Frau liebe und das ich es nicht wert bin, die Krone zu tragen, da niemand die Liebe in ihrer Beständigkeit ehrt. Ich werde nicht verleugnen, wer oder was ich bin, Vater.« Er schnaubte auf.

»Geh mir aus den Augen, Charlotte. Was ist nur aus meiner Prinzessin geworden?«, fragte er mehr an sich gewandt als an mich.

»Eine Sklavin deiner Erziehung«, knurrte ich.

Mit diesen Worten verschwand ich aus dem Thronsaal in meine Räumlichkeiten. Meinen Koffer hatte ich seit dem Aufenthalt in Chicago noch nicht ausgepackt. Wenn man es streng nahm, war alles, was ich in ihm drin hatte, das, was ich brauchte, um zu leben. Unterwäsche, Laptop, Handy, Ladegerät, meine liebsten Jumpsuits. Wer brauchte schon pompöse Abendkleider, Tausende von Schuhen und teuren Schmuck? Alles, was ich wollte, war Elinore sowie meine Freiheit.

»Charlotte?«, fragte Rose und ich öffnete ihr meine Tür. Sie sah traurig aus, als sie den Raum betrat und unsere Blicke sich trafen.

»Es tut mir so leid«, antwortete sie, doch ich zuckte nur mit den Schultern. Mitleid half mir nicht weiter.

»Muss es nicht. Ich wollte es so.« Sie seufzte und setzte sich neben mich auf das Bett.

»Warum ist die Welt so ungerecht? Ist es zu viel verlangt, frei lieben zu dürfen? Frei leben zu dürfen?«, fragte sie und ich nickte. Es war ungerecht. Es war verdammt ungerecht. Aber die Welt war nun einmal so.

»Seh es positiv, Rose. Du kannst Prinz Philipp heiraten. Ich werde hier entkommen und mit Elinore reden. Vielleicht werden wir zusammen durchbrennen. Pascal nehmen wir auch mit. Wir können neu anfangen«, sinnierte ich und Rose schüttelte den Kopf.

»Wir brauchen dich hier, Charlotte. Selbst wenn ich Königin werden sollte. Ich kann das nicht ohne dich«, erwiderte sie und ich zog sie in meine Arme. Es tat weh, zu wissen, dass mir jedoch im Endeffekt keine andere Möglichkeit blieb. Solange ich in London, beziehungsweise in England blieb, konnte ich niemals meine Flügel spannen und frei sein.

»War Vater sehr hart zu Elinore?«, fragte ich sie und sie nickte.

»Sie hat sich kaum getraut, etwas zu sagen. Du kennst sie doch.«
Ich nickte. Es war, wie ich befürchtet hatte.

Vater hatte sie verhört und Elinore hatte sich nicht gewehrt. Natürlich würde sie seinen Forderungen Folge leisten. Wer wollte schon für einen royalen Skandal verantwortlich sein?

»Elinore, bitte meld dich. Charlotte.«
»Elinore, bitte meld dich wirklich. Ich vermisse dich.«
»Wir müssen reden. Ignorier meinen Vater. Bitte.«
»Ich mache mir Sorgen. Wir müssen reden.«
»Ich will so nicht weitermachen, bitte Elinore.«

Egal wie oft ich versuchte, sie anzurufen oder ihr zu schreiben. Elinore ging nicht ran.

»Pascal?«, fragte ich in den Hörer, als ich verzweifelt nach Stunden seine Nummer wählte.

»Sie will nicht mit dir reden, es tut mir leid, Charly.«

Ich schluckte. Warum wollte sie nicht mit mir reden? Was hatte ich falsch gemacht?

»Dein Vater hat es ihr verboten. Sie ... sie hat ziemlich Angst, dass ihr etwas passiert und ich muss ehrlich sein, mir geht es genauso.«

»Kannst du ihr wenigstens sagen, dass ich sie vermisse. Ich brauche sie.«

Pascal schwieg einen Moment, dann entgegnete er: »Werde ich machen.«
Erleichtert seufzte ich. »Danke.«

Er legte auf. Elinore würde sich nicht von selbst bei mir melden, so viel war klar. Vater hatte ganze Arbeit geleistet, mein Leben zu zerstören. Nun war es an mir, das seine zu zerstören.

Geheimes Doppelleben? Prinzessin nicht nur lesbisch, sondern auch pervers?

Ein anonymer Kunde es zwielichtigen BDSM-Lokals »Red Devil«, bestätigt das Doppelleben Prinzessin Charlottes. Die Prinzessin sei zwei bis drei Mal in der Woche als Domina Scarlett im »Red Devil« anwesend, um ihre sexuellen Vorlieben auszuleben. Nach Überprüfung der Homepage können wir Ähnlichkeiten feststellen, die die Glaubhaftigkeit dieser Behauptung untermauern. Ist Prinzessin Charlotte nicht so unschuldig, wie sie es vorgibt zu sein? Was ist an den Gerüchten ihrer Sexualität dran? Wir hoffen auf ein baldiges Statement der Royals.

Natürlich kam alles, wie es kommen musste. Irgendjemand hatte mich verpfiffen. Nun, wo ich angreifbar war, wurde die Fläche genutzt, um mich anzugreifen. Nur wollte ich mich nicht angreifen lassen. Ich tat das, was eine Königin tun musste. Ich zog in den Krieg.

Überzeugt griff ich nach dem Telefon und wählte die Nummer der größten Londoner Presse-Agentur. Regel Nummer Eins. Kenne deinen Feind. Komme ihm immer zuvor.

»Prinzessin Charlotte hier. Ich würde gern ein Statement in Form einer Presse-Konferenz geben. Trommeln Sie bitte alle namhaften Reporter zusammen, die Sie bekommen können und nennen Sie mir Zeit, Ort und Datum. Ich werde da sein«, sagte ich bestimmt, ehe ich auf den roten Knopf drückte, ohne auf eine Antwort zu warten Es dauerte keine zwei Minuten, bis der Rückruf kam.

»Heute Nachmittag, siebzehn Uhr. Vielen Dank für Ihre Bereitschaft, Eure Hoheit.« Ich lachte, legte dann auf. Natürlich glaubte man, dass ich es dafür tat, den Ruf meiner Familie zu schützen. Niemand schätzte, dass ich ihn zerstören würde.

Ich warf mich in einen schwarzen Jumpsuit, stylte meine Haare nach hinten und griff nach den höchsten Hacken, die ich fand. Es war an der Zeit, der Welt mein neues Ich zu zeigen, meine Absichten zu erklären und den Vorhang für ein neues Drama fallen zu lassen.

It's Showtime, Girls.

»Hallo, ich bin Margret Fletscher, ich bin Ihre Ansprechpartnerin, Eure Majestät. Vielen Dank, dass Sie sich dafür bereit erklären. Ihr Vater, Seine Ehren, hat es uns verweigert, mit Ihm zu sprechen. Woher kam der plötzliche Sinneswandel?«, fragte sie und ich starrte in die Masse der Reporter, die alle hungrig auf die Informationen warteten, die mich betrafen.

»Ich unterstehe nicht den Befehlen meines Vaters, wenn Sie das meinen. Ich bin Prinzessin Charlotte. Ich bin ein eigenständiges Individuum und keine Marionette der königlichen Familie.«

Applaus ertönte und Bilder wurden geschossen.

»Wie stehen Sie zu den Vorwürfen, dass Sie eine Beziehung mit einer Frau führen, Eure Königliche Hoheit?«, fragte eine Reporterin. Ich lächelte wohlwollend in die Kamera.

»Ich kann dies nur bestätigen. Es ist wahr. Seit geraumer Zeit führe ich eine Beziehung mit einer Frau. Ich würde sie niemals verleugnen. Gerade im heutigen Zeitalter, sollte es als normal angesehen werden, wenn auch eine Prinzessin ihre Liebe frei auslebt.«

Es herrschte Stille und nur das Klicken der Kameras ertönte. Dann folgte wildes Geflüster unter den Reportern.

»Was sagen Sie zu den Gerüchten, dass deshalb Ihre Verlobung mit Prinz Philipp scheiterte?« Ich zuckte mit den Schultern und schob die Sonnenbrille nach oben.

»Prinz Philipp ist ein stattlicher, charismatischer junger Mann, das kann ich nicht verleugnen. Jedoch hegten weder der Prinz, noch ich die Absicht einander zu heiraten. Prinz Philipp lernte bei unserem ersten Treffen bereits meine Schwester Rosalie kennen. Wir waren uns von Beginn an einig, dass eine Ehe zwischen uns nicht vollzogen werden konnte, da sein Interesse nicht meiner Person, sondern viel mehr meiner kleinen Schwester Rose galt.«

Wieder prasselte ein Regen an Kamerablitzen auf mich nieder.

»Prinzessin Charlotte, führten Sie je ein Doppelleben als Domina im *Red Devil*?«, fragte eine Reporterin und ich grinste.

»Scarlett war ein Teil von mir und wird immer ein Teil von mir bleiben. Ich bin nicht pervers, wenn Sie das meinen. Scarlett ist eine Art Kunstfigur. Sie ist die Möglichkeit, den Zwängen des Hofes zu entkommen. Meine Sexualität ausleben und für ein paar Stunden nicht die Prinzessin zu sein, als die ich geboren wurde.«

Ein unglaubliches Raunen und Tuscheln ging durch die Meute.

»Zudem möchte ich an dieser Stelle bekannt geben, dass ich vom Thron zurücktreten werde. Mir ist bewusst, das England keine lesbischen Königin braucht und ich gebe den Weg somit frei für meine kleine Schwester. Ich bitte Sie daher nun, wenn alle Fragen beantwortet sind, von weiteren Interview-Terminen zu meiner Person abzusehen. Vielen Dank.«

Mit diesen Worten klappte ich die Sonnenbrille zurück auf meine Nase und erhob mich.

ELINORE

Prinzessin Charlotte gibt unglaubliches Interview.
In einer von Prinzessin Charlotte einberufenen Pressekonferenz gibt die Prinzessin überraschende Antworten auf die Themen, die England bewegen. Prinzessin Charlotte beweist den Mut und stellt sich gegen die Etikette. Sie outet sich als lesbisch, pervers und verkündet ihren Rücktritt. Ist das Leben am Hof wie ein Käfig für die Royals? Wir werden berichten, es kann jedoch von einem Jahrhundertskandal gesprochen werden. Die Menschen sind in Aufruhr. Prinzessin Charlotte ist untergetaucht.

Das Land steht hinter ihrer Prinzessin, die LGBTQ-Community feiert. Nur wenige fordern, dass Prinzessin Charlotte verstoßen wird.

Geschockt stellte ich den Fernseher ab. Was hatte sie nur getan? Ich hatte keine Ahnung, wie ich hier rein geraten war. Genau genommen hätte ich nie ein Teil dieser Affäre werden dürfen. Ich hätte die ganze Sache daheim vor dem Fernseher betrachten sollen, mit dem Finger auf die Dame zeigen und mir wünschen, nie in ein solche Lage zu kommen. Nie hätte jemand einen solchen royalen Skandal erwartet. Und ich ... war der Auslöser dafür. Ich war der Grund dafür, dass das britische Königshaus drohte zu zerfallen. Nur, weil ich einmal in einen BDSM-Club gegangen war und mein Herz an eine Domina verloren hatte. Nun war die Domina verschwunden und mein Herz gehörte der Prinzessin. Dieser mutigen Frau, die sich der Öffentlichkeit stellte. Die seit dem Interview als verschwunden galt.

Keiner hatte auch nur die geringste Ahnung, wo Prinzessin Charlotte sich verborgen hielt.

Natürlich machte ich mir Sorgen, aber ... vielleicht war es für sie besser so. Ihr Vater hatte sich deutlich ausgedrückt, was er von mir und der Beziehung zu seiner Tochter hielt. Ich wollte, nein, durfte Charlotte nicht im Weg stehen.

Es war gegen Abend, als es an unserer Tür klingelte. Pascal saß auf der Couch, sah Wrestling wie immer, während ich an einer Zeichnung von Charlotte saß.

»Gehst du?«, fragte er abwesend, während er sich eine Handvoll Chips in den Mund schon. Das er nicht auseinanderging, wie ein Nilpferd, überraschte mich immer wieder aufs Neue. Seufzend erhob ich mich.

»Wer sollte denn sonst gehen«, murmelte ich, trottete dennoch genervt zur Tür.

Pascal war einfach faul und diese Eigenart konnte ich nicht an ihm ändern.

»Hallo, kann ich reinkommen?«

Prinzessin Rose stand vor mir und automatisch verneigte ich mich vor ihr. Mein Blick fiel auf die Chucks, wanderte über die zerrissene Jeans nach oben, wo sie einen schwarzen Kaputzenpullover trug. Vom gesamten Outfit glaubte ich, dass ich es bereits einmal an Charlotte gesehen hatte.

»Natürlich. Treten Sie ein, Eure Majestät«, sagte ich und sie lächelte.

»Nenn mich Rose, schließlich bist du die Freundin meiner Schwester«, antwortete sie, während sie unser Wohnzimmer betrat.

Pascal war nun ebenfalls aufgesprungen und verneigte sich vor ihr. Es schien langsam zur Routine zu werden, dass die Royals bei uns ein und ausgingen.

»Was verschafft uns die Ehre, Eure Majestät?«, fragte Pascal und deutete ihr an, sich zu setzen.

»Darf ich Ihnen etwas anbieten, Prinzessin?« Rose schüttelte den Kopf.

»Ich möchte mit dir reden, Elinore.«
Ich sah sie überrascht an.

»Reden? Mit mir?«, fragte ich unsicher und sie nickte.

»Charlotte hat sich nach Edinburgh in ein altes Familienhaus verzogen. Sie weigert sich, nach Hause zu kommen. Ich schätze, du weißt von ihren Plänen, nach Chicago auszuwandern?«, erklärte sie und ich nickte. Pascal sah mich überrascht an.

»Wirst du sie begleiten?«, fragte Rose hoffnungsvoll. Traurig schüttelte ich den Kopf.

»Ich habe ihr bereits gesagt, dass ich nicht mit kann. Pascal steckt noch mitten im Studium und ich ...«

Pascal sprang wütend auf. »Spinnst du? Deine Freundin will mit dir nach Chicago auswandern, damit ihr ein Leben ohne Zwänge und Vorurteile führen könnt und du machst dir Sorgen um mich? Bist du bescheuert, Elinore?«, polterte er los und sah mich finster an. »Wann wolltest du mir davon erzählen? Nie?«

Ich schluckte.

»Ich kann dich nicht zurücklassen und mitten im Studium das Land zu wechseln, ist zu riskant ich ...«, erwiderte ich und Rose lächelte mich an.

»Ich war ebenfalls nicht begeistert, als Charlotte mir erzählte, dass sie nach Chicago auswandern möchte, noch war ich begeistert davon, dass sie sich jetzt zurückzog. Doch eins bewundere ich, seit ich klein bin, an meiner Schwester. Ihre Mut. Sie kämpft für das, was sie liebt. Elinore, ich bitte dich. Sei mutig. Rede mit Charlotte. Von mir aus könnt ihr sogar nach Chicago auswandern, aber macht irgendetwas, damit meine Schwester wieder glücklich ist. Sie ist doch alles, was ich habe.« Pascal nickte und zwei Augenpaare sahen mich erwartungsvoll an.

Ich holte tief Luft, schloss die Augen. Auswandern. Pascal zurücklassen. Ein Leben an der Seite von Charlotte. Ohne Zwänge. ein Lächeln zierte meine Mundwinkel.

»Ich werde mit ihr reden, versprochen.«

»Pascal?«, fragte ich am Abend mein Bruderherz, der mich erwartungsvoll anblickte. Er wusste genau, was jetzt kommen würde. Wir wussten es beide.

»Wenn ich nach Chicago gehen würde, würdest du mitkommen?«, fragte ich ihn und er lächelte breit.

»Schwesterherz, ich würde dir bis zu den Sternen folgen, wenn ich wüsste, dass du glücklich sein kannst. Aber ich müsste nachkommen, ich kann unter dem laufenden Semester nicht einfach das Land verlassen. ich müsste mich in verschiedenen Unis einschreiben und - ich würde gerne alleine wohnen. Versteh mich nicht falsch, Schwesterherz. Du bist alles, was ich habe. Aber ich möchte, dass du anfängst, dein eigenes Leben zu leben. Ein Leben mit Charlotte.«

Ich nickte. Es tat weh loszulassen, aber insgeheim wusste ich, dass er recht hatte. Seit wir klein waren, lebten wir zusammen. Irgendwann kam der Augenblick, in dem es

Zeit wurde, einander den Freiraum zu geben, den man brauchte, um erwachsen zu werden.

»Was wirst du Charlotte sagen, wenn du sie triffst?«, fragte er mich und ich zuckte mit den Schultern. Ehrlich gesagt, hatte ich mir noch keine Gedanken darum gemacht.

Charlotte war die treibende Kraft in unserer Beziehung gewesen. Sie war mutig, stolz und selbstbewusst. Wenn sie etwas sagte, fühlte sich alles so leicht an. Sie war bereit, keine Kompromisse einzugehen, wenn es um die Liebe ging. Rose hatte recht. Nun war ich an der Reihe, ihr zu beweisen, dass ich für sie durch das Feuer gehen würde.

»Ich werde ihr sagen, dass ich ihr ans Ende der Welt folgen würde, weil ich sie liebe.«

Pascal grinste mich an, dann nahm er meine Hand und drückte sie.

»Genau das wollte ich von dir hören.«

Als ich abends im Bett lag, griff ich nach meinem Handy. Charlotte hatte sich seit dem Interview nicht mehr bei irgendwem gemeldet. Bei niemanden.
Vorsichtig tippte ich eine Nachricht.

»Können wir uns treffen?«

Vielleicht würde sie es ja lesen und sich melden. Im selben Moment sprang die Anzeige auf online und ich sah, dass sie etwas tippte.

»Wo?« Kurz und bündig. Ich schluckte.

»Irgendwo in London oder soll ich zu dir kommen?«, fragte ich. Es dauerte ungewöhnlich lange, bis sie mir antwortete.

»Komm zu mir, ich schicke dir die Adresse. Ich will nicht mehr zurück.« Ich seufzte. Rose hatte recht. Sie mied die Stadt.

»Ich werde kommen. Bis morgen«, schrieb ich, doch ich erhielt nur noch die Adresse. Ich würde Pascal bitten, mich nach Edinburgh zu fahren. Ich musste Charlotte sehen. Aber vor allem musste ich mit ihr reden, denn es lag an mir, mutig zu sein.

CHARLOTTE

»Ich bin da.« Mein Herz lief Marathon, als ich ihre Nachricht las. Ich hatte nicht damit gerechnet, dass sie tatsächlich zu mir kommen würde. Wenn ich strenger zu mir wäre und mein Herz kein verdammter Verräter, hätte ich sie nicht einmal hierher lotsen dürfen. Ich wollte mit meinem Leben am Palast nichts mehr zu tun haben. Sobald Jonathan ein passendes Haus gefunden hatte, würde ich alles in die Wege leiten, um auszuwandern. Weit weg von allen Zwängen, vom Hof und meiner Vergangenheit. Ich würde mir einen Job suchen, vielleicht würde ich mich auch selbstständig machen. Neu verlieben. Falls ich Elinore je vergessen konnte.

Als ich die Tür des alten Gemäuers öffnete, blickte ich direkt in ihre müden braunen Augen. Augenringe zierten ihr Gesicht und wie es schien, hatte sie die letzten Nächte nicht sehr gut geschlafen. Sie trug ein dunkelrotes T-Shirt und darüber eine dunkelblaue Sweatjacke.

»Darf ich reinkommen?«, fragte sie und ich nickte, während ich zur Seite trat, um ihr die Möglichkeit zu geben, einzutreten. Sie lächelte milde, ließ sich jedoch schweigend auf einen Sessel fallen.

»Charlotte, ich ... Es tut mir leid«, stockte sie und ich schüttelte den Kopf. Sie hatte keinen Grund, sich zu entschuldigen. Ich war es, die ihre Familie an die Presse verraten hatte, die ihre eigenen Prinzipien verraten hatte.

»Es muss dir nicht leidtun. Ich warte nur noch darauf, dass Jonathan ein Haus in Chicago findet, um dann endgültig zu verschwinden. Du musst dir keine Sorgen mehr um mich machen, Elinore. Sobald alles in die Wege geleitet ist, kannst du ein neues Leben führen«, erwiderte ich und Tränen sammelten sich in ihren Augen. Wütend ballte sie ihre Hände zu Fäusten, dann sprang sie auf.

»Ich bin den ganzen verdammten Weg hierher gekommen, um dich zu sehne, und du willst mir klarmachen, dass ich mein Leben ohne dich leben soll? Verdammt noch mal, Charlotte! Ich würde mit dir zum Mond fliegen und dort ein Haus kaufen, wenn du mich lässt. Ich liebe dich! Weiß du, was ich mir für Sorgen gemacht habe, weil keiner etwas von dir gehört hat, seitdem du das Interview gegeben hast, weißt du das?«

Ihre Stimme überschlug sich und Tränen flossen über ihre leicht rosigen Wangen. Ich schluckte schwer. Es war nie meine Absicht, sie zu verletzen.

»Du hast gesagt, du würdest nicht mit mir nach Chicago ziehen«, erwiderte ich kleinlaut. Elinore seufzte, während sie mich wieder setzte.

»Verstehst du mich denn nicht? Wie sollte ich auch reagieren? Du kommst aus Chicago zurück, kommt verändert und willst gleich auswandern? Du magst vielleicht nun frei sein, aber ich habe Pascal. Pascal ist der einzige Teil meiner Familie, die ich noch habe. Ich kann ihn nicht einfach zurücklassen, aber wir haben darüber geredet. Ich will mit dir nach Chicago ziehen, Charlotte. Wenn du mich lässt«, entgegnete sie und zum Ende des Satzes wurde sie immer ruhiger.

Überrascht sah ich sie an. Soweit hatte ich nicht gedacht. Ich hatte nicht daran gedacht, dass sie wegen Pascal nicht mitwollte. Ich hatte geglaubt, es läge daran dass sie keine Beziehung mit mir wollte. Das Pascal nur der Vorwand dafür war, um nicht mit mir zusammen zu sein.

Aber sie wollte es. Sie wollte mich.

»Oh, Elinore«, sagte ich, stand auf und kniete mich direkt vor sie. Sie blickte mich irritiert an, ehe ich ihr Gesicht in meine Hände nahm und es näher an das meine zog. Unsere Lippen fanden sich, langsam, so, als hätten sie sich noch nie zuvor berührt. Sanft küsste ich sie und sie erwiderte den Kuss ebenso zärtlich. Es war, als wäre es unser erster Kuss.

»Nimm mich mit nach Chicago, bitte.«

Ihre Stimme war nur ein Flüstern gegen meine Lippen. Vorsichtig zog ich sie an mich, spielte mit einer ihrer Haarsträhnen.

»Ich würde niemals ohne dich gehen«, entgegnete ich und spürte, wie sie an meinem Hals lächelte.

»Ich habe dir nie gesagt, dass ich dich liebe«, flüsterte ich, als wir einige Stunden später nackt im Bett lagen. Elinore grinste an meiner Schulter und kicherte leise.

»Das musstest du auch nicht. Ich habe es auch so gewusst«, erwiderte sie und ihre Hand zeichnete Kreise entlang meines Schlüsselbeins.

»Aber es zu hören, ist dennoch viel schöner.«,

Sanft hauchte ich ihr einen Kuss auf die Haare und sie seufzte wohlig.

»Wir Pascal nachkommen?«, fragte ich sie und sie nickte an meiner Brust.

»Er hat es mir versprochen. Wir würden einander nie allein lassen. Genau wie du Rose niemals allein lassen würdest. Rede mit ihr, Charlotte, bitte.«

Ich seufzte, dann schloss ich die Augen und nickte. Sie hatte ja recht. Ich konnte Rose nicht im Stich lassen.

Ich konnte mein Land, sowie meinen Vater enttäuschen, aber meine Schwester konnte ich niemals enttäuschen. Sie war mein ein und alles.

»Charlotte, ich kann nicht mit dir in den Palast. Ich habe Hofverbot, oder hast du das etwa vergessen?«, entgegnete Elinore, als wir zurück nach London fuhren. Jonathan hatte sich bereits gemeldet und mir einige Immobilien geschickt, die in Frage kamen.

Ich hatte sie Elinore gezeigt, doch bevor sie sich entscheiden würde, sollte ich mit Rose reden. Genau deshalb fuhr ich zurück in die Stadt, die ich so sehr hasste. Zurück in das Leben, dem ich entfliehen wollte.

London.

In den Palast, der mir wie ein Käfig vorkam und würde mich meinem Vater stellen, der nicht mehr als ein Fremder für mich war.

»Na und? Ich habe gegen die Etikette verstoßen, weil ich eine Frau liebe. Also sei die Frau, die ich liebe und begleite mich. Er kann dich nicht in den Kerker werfen, weil er mich dann gleich mit hineinwerfen müsste und das kann selbst er als König sich nicht leisten«, erwiderte ich. Dennoch sah sie mich unsicher an.

»Bitte, Elinore. Ich werde dich beschützen, immer, aber ... lass mich nicht allein.«

Ich wollte nicht ohne Rückendeckung vor meinen Vater treten. Mit Elinore schien es ein Stückchen leichter.

Ich bog ein und stellte den Wagen ab, nahm Elinores Hand und machte mich auf den Weg in den Thronsaal.

»Eure königliche Hoheit, der König!«, begrüßte uns der Bote und ich unterdrückte den Drang, ihm den Mittelfinger zu zeigen. Wie sehr mich das Ganze auf einmal störte.

»Charlotte! Du bist ... Wieso ist sie hier?«, giftete er und warf Elinore einen vernichtenden Blick zu.

»Sie ist hier, weil ich es wünsche, Vater«, knurrte ich und sein Blick wanderte zu mir. Dann drehte er sich um und ließ sich auf seinem Thron nieder.

»Ich schätze, du bist nicht da, um dich für dein Verhalten zu entschuldigen?«, fragte er gereizt und ich grinste.

»Nein, im Gegenteil. Ich bitte dich nun offiziell, mich von meinen Pflichten zu befreien. Mach Rose zur Königin, die du immer wolltest. Ich werde niemals diese Frau sein, die du dir wünscht«, erklärte ich und er sah mich vollkommen enttäuscht an.

»Du hast die Würde deiner Familie mit den Füßen getreten. In der Öffentlichkeit! Charlotte, wie konntest du nur?«, sagte er und seine Stimme klang verletzt.

»Welchen Grund gabst du mir, es nicht zu tun, Vater? Ich wollte dieses Leben nie. Wie oft hatte ich mir gewünscht, ich würde aufwachen und ein ganz normales Mädchen sein. Ohne diese ganzen Kleider und Verpflichtungen. Aber du hast in mir immer nur Mutter gesehen, aber nie hast du deine Tochter Charlotte in mir gesehen. Ich war keine gute Tochter, aber du warst auch nicht der liebevolle Vater, den ich gebraucht hätte. Also bitte ...«, meine Stimme brach, »bitte sei einmal der Vater, den ich mir gewünscht hätte und lass mich gehen.«

Elinores Hand umschloss meine. Ich ließ den Tränen freien Lauf. Meinem Vater liefen ebenfalls Tränen von den Wangen, dann nickte er.

»Du hast recht. Ich bin zum Regieren geboren, nicht zum Erziehen. Das weiß ich nun auch. Nun gut. Prinzessin Charlotte, ich befreie dich hierbei von allen Rechten und Pflichten, die dir als Prinzessin des britischen Königshauses unterliegen. Es stehe dir frei, dorthin zu gehen, wonach es dir beliebt. Erklärst du dich bereit, auf den Anspruch auf den Thron zu verzichten?«, fragte er und ein Bote notierte sich dies sofort.

»Ja, bin ich. Ich bin mir bewusst, dass somit der Anspruch auf den Thron, gegeben durch die Geburt, verfällt.«

Vater nickte und ich schloss die Augen. Ich war frei. Endlich.

Das britische Königshaus bestätigt: Prinzessin Charlotte verzichtet auf den Thron. Prinzessin Rose feiert Verlobung mit Prinz Philipp aus Schweden. Ihre Krönung findet am Hochzeitstag statt.

Zufrieden schlug ich die Zeitung zu und schaute zu Elinore, die gerade ihre letzten Bücher und Staffeleien in Umzugskartons packte.

»Und wie fühlt man sich so als Ex-Prinzessin?«, fragte Pascal, der sich bereits in seiner neugewonnenen Junggesellenbude eingenistet hatte.

»Frei, unbändig und unheimlich sexy«, antwortete ich grinsend. Ein Lachen brach aus Pascal heraus.

»Hach, ihr zwei werdet mir fehlen. Ein halbes Jahr, ohne mich mit Eli am Morgen um das Badezimmer zu streiten. Ich weiß gar nicht, wie ich das aushalten soll«, entgegnete er und ich zuckte grinsend mit den Schultern. Er würde zurechtkommen. Um Pascal musste ich mir definitiv keine Sorgen machen.

»Hast du alles?«, fragte ich sie und sie nickte.

»Die kleine Wohnung wird mir fehlen. Musste es unbedingt diese halbe Villa mit Pool sein?«, entgegnete Elinore und ich grinste.

»Hey, ein bisschen Luxus darf ja wohl sein. Wir haben schließlich Millionen Dollar dafür hingeblättert und - es ist ja immerhin kein Schloss«, erwiderte ich und sie seufzte, doch ein Grinsen zierte ihre Lippen.

»Wenn du meinst, meine Königin«, erwiderte sie und ich gab ihr einen Klaps auf den Hinterkopf. Dann verabschiedeten wir uns von Pascal.

»Blue Candy Kiss? Das muss neu sein. Magst du noch einen Kaffee trinken, bevor wir unser altes Leben hinter uns lassen?«, fragte ich Elinore und sie zuckte mit den Schultern.

»Wir müssen ohnehin noch mal zurückkommen. Rose würde dich töten, wenn du nicht zu ihrer Hochzeit kommst.«

Ich grinste sie an. Wo sie recht hatte, hatte ich recht.

Grinsend betätigte ich den Blinker und parkte das Auto vor der Gaststätte.

Café und Bar stand in dicken Lettern unter dem Schild.

»Nette Kombi«, stellte ich fest. Elinore grinste, nahm meine Hand.

Im Café herrschte ziemlicher Betrieb. Die Barista stand hinter der Theke und zapfte den Kaffee, während eine blauhaarige Bedienung die Bestellungen aufnahm.

»Sorry, es ist gerade nur noch Platz an der Theke«, rief sie uns zu, als wir den Raum betraten.

»Macht dir das was aus?«, fragte ich Elinore, die den Kopf schüttelte.

»Mit dir würde ich sogar auf dem Boden essen, wenn es sein müsste«, entgegnete sie und ich hauchte ihr einen sanften Kuss auf die Wange.

»Na, dann komm«, sagte ich und setzte mich auf den Hocker an der Theke. Die brünette Barista lächelte mich an und irgendwoher kam mir ihr Gesicht bekannt vor.

»Was darf ich euch beiden bringen?«, fragte sie und ich lächelte.

»Einen Latte Macchiato mit etwas Karamell-Sirup und bei dir?«, fragte ich Elinore.

»Dasselbe bitte.« Die Barista drehte sich um und im selben Moment huschte die Blauhaarige hinter die Theke.

»Zwei Latte, einen Black-Forest-Cherry-Cake«, antwortete sie grinsend. Dann küsste sie ihre Freundin. Die Erkenntnis traf mich wie ein Schlag. Es war das Pärchen aus dem Schuppen in Chicago.

»Hey, Charlotte. Lange nicht mehr gesehen«, begrüßte mich die Blauhaarige, die soeben auch festgestellt hatte, dass wir uns kannten.

Elinore sah mich fragend an und die Freundin der Blauhaarigen ebenfalls. Ich räusperte mich, dann lächelte ich.

»Euch hat es nach London verschlagen?«, fragte ich neugierig. Sie grinste zufrieden.

»Ja, und ihr wandert nun tatsächlich aus?«, erwiderte sie und ich grinste.

»Mein Weg führt mich dorthin, wo mein Zuhause ist.«

Mit diesen Worten drückte ich Elinores Hand und versank in ihren braunen Augen.

Zuhause ist dort, wo dein Herz ist.

DANKSAGUNG

Ein Buch zu schreiben ist mehr als nur eine Idee auf Papier zu bringen, doch um es überhaupt zu schreiben, bedarf es der Idee.

Deshalb möchte ich an erster Stelle dir, liebe Laura, danken, denn dass Your Highness nun in gebundener Version in unserem Regal steht, verdanke ich dir. Du gabst mir die Idee und erträgst geduldig meine Schreibkrisen, gibst mir den Freiraum, den meine Gedanken brauchen, um sich zu entfalten und hältst mich mit Engelsgeduld davon ab, wenn ich mal wieder in einem Tobsuchtsanfall alles löschen will. Schreiben ist so viel einfacher mit dir, weil du mich kennst, Szenen liest und mit mir überlegst, ob es so funktionieren würde.

Des Weiteren danke ich meiner Lektorin Bianca Karwatt. Du kamst ganz unverhofft zu mir, als ich auf der Suche nach einer Lektorin war, und stehst mir mit Rat und Tat zur Seite. In allen Lebenslagen bist du für mich da und hast auch keine Probleme damit, wenn ich dir das Ganze erst Wochen später zuschicke. Danke dafür.

Ich danke Juliane Schneeweiss für das wundervolle Cover. Ich hatte es gesehen und mich verliebt. Danke für die kleinen Änderungen, die das Cover zu dem machen, was ich mir erträumt hatte.

Ich danke auch dir, liebe Nathalie Köslin für die Illustrationen. Du setzt um, was ich mir vorstelle und bist da, wenn ich dich brauche. Danke!

Ebenso danke ich meinen Testlesern, die das Buch seit der Rohversion vom März 2019 bis heute begleiten. Erst durch euch wurde Your Highness zu dem, was es nun ist. Hierbei gilt mein Dank dir, liebe Agata, liebe Angelika, liebe Beate und liebe Petra. Ihr unterstütz mich auch über das Testlesen hinaus und ich bin euch dafür mehr als dankbar.

Meinen Eltern, meinen Geschwistern und Freunden danke ich dafür, dass sie mich nie in einen Käfig sperrten und ich nie das Gefühl hatte, dass man mir meine Flügel gestutzt hatte. Bei euch kann ich sein, wer ich bin und was ich bin. Ich weiß, dass ihr mich liebt, egal was ich tue.

Ein chinesisches Sprichwort besagt: »Jedes mal, wenn man ein Buch öffnet, lernt man etwas.«

Durch diese Worte tief in ihrem Inneren berührt, wandte sich Nessa Maral, geboren 1996, schon in jungen Jahren Büchern zu.
Im Jahr 2015 veröffentlichte sie ihre erste humorvolle Novelle »Ben und Lotta - Gegenteile ziehen sich aus.«
Seitdem erschafft sie neue Welten auf dem Papier und zaubert als Buchhändlerin ihren Kunden ein Lächeln aufs Gesicht. Mit ihrer Leidenschaft zu Büchern hat sie sich selbst einen Traum erfüllt.

FSC

www.fsc.org

MIX

Papier aus ver-
antwortungsvollen
Quellen

Paper from
responsible sources

FSC® C105338